RPM
3000

RPM3000 6

가프 장편소설

초판 1쇄 찍은 날 § 2017년 9월 25일
초판 1쇄 펴낸 날 § 2017년 10월 2일

지은이 § 가프
펴낸이 § 서경석

편집책임 § 이선근
편집 § 김슬기

펴낸곳 § 도서출판 청어람
등록번호 § 제387-1999-000006호
등록일자 § 1999. 5. 31
어람번호 § 제1-2772호

주소 § 경기도 부천시 부일로 483번길 40 서경B/D 3F (우) 14640
전화 § 032-656-4452 팩스 § 032-656-4453
http://www.chungeoram.com
E-mail § chungeorambook@daum.net

ISBN 979-11-04-91470-6 04810
ISBN 979-11-04-91342-6 (세트)

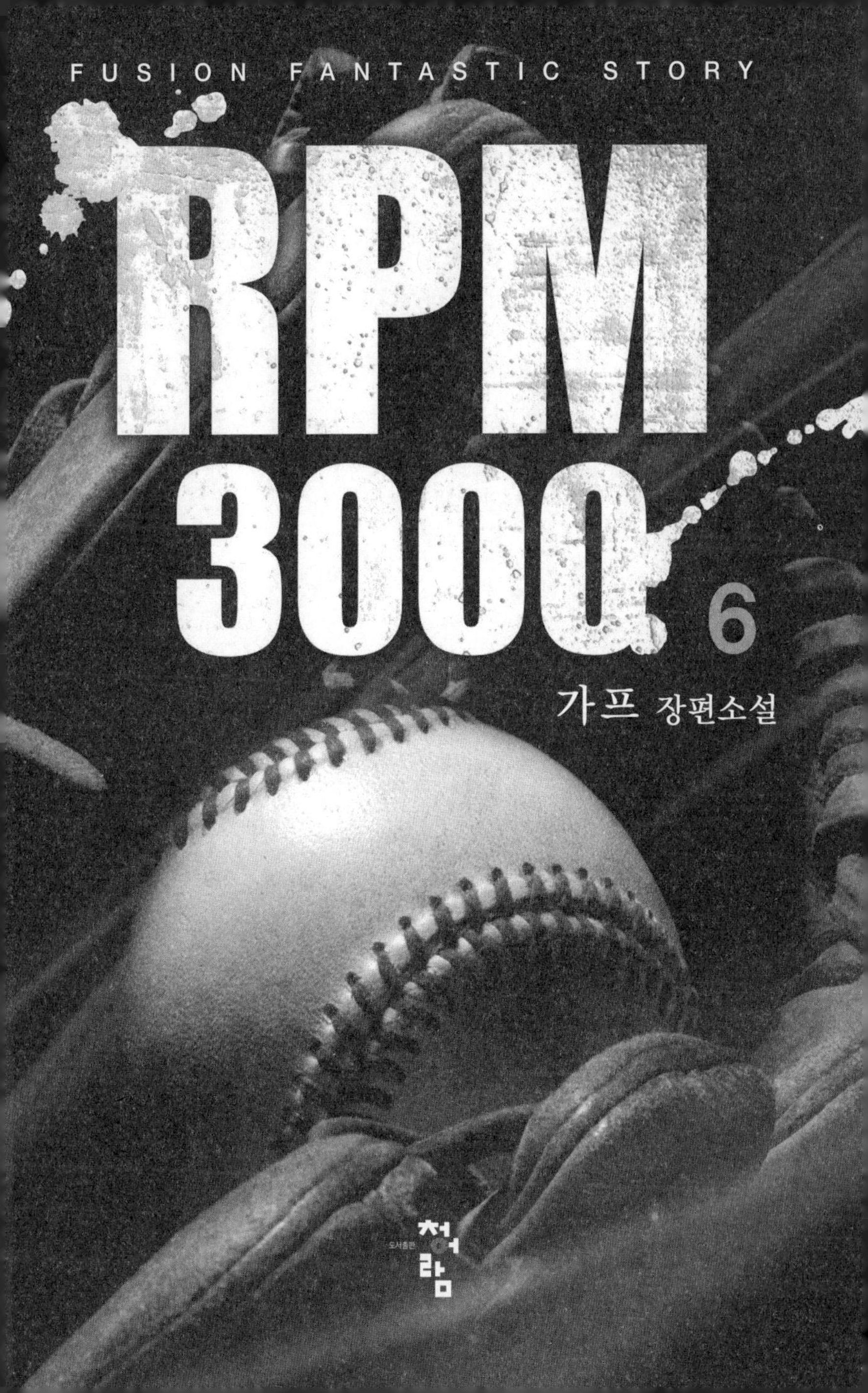
FUSION FANTASTIC STORY
RPM 3000
6
가프 장편소설
도서출판
청어람

Contents

1. 지구 1위를 정조준하다

모든 게임이 뜻대로 되는 건 아니었다.

존슨은 첫 대타를 맞아 초구에 2루타를 허용했다. 이어 나온 대타에게도 볼넷을 내주었다. 그의 주 무기 싱커가 공 하나씩 높게 떨어졌기 때문이다. 타석에는 포사이드가 들어섰다. 다행히 그를 3루수 땅볼로 해치웠지만 아웃 카운트는 아직도 두 개나 남아 있었다.

브레이브스의 승으로 끝날 것 같던 게임은 안갯속으로 들어갔다. 동점 주자가 나갔으니 큰 거 하나면 역전이 될 판이었다. 로진백을 집어 문지른 존슨. 그래도 모자랐는지 침을 묻힌 후에 유니폼에 대고 닦아냈다. 그의 시선이 홈으로 향했다.

공은 세 개가 거푸 날아갔다. 다만 볼카운트 1—1에서 버린 공은 좀 아까워 보였다. 스트라이크존을 확연히 벗어나는 공이었다.

"브레이브스의 배터리들이 고민하는 거 같죠?"

중계석의 중계가 흘러나왔다.

볼카운트는 2—1.

타자에게 유리한 카운트였다.

"어떤 구종을 선택할까요?"

"싱커가 들어올 겁니다. 포사이드는 싱커에 대비해야 합니다."

"하긴 존슨의 싱커가 제대로 꽂히면 156㎞/h까지도 나오죠."

"주자가 둘이나 있는 상황이니 그렇게까지 전력투구를 할 수는 없을 겁니다. 그렇다면 포사이드가 노려볼 만합니다."

"여기서 단타라도 하나 쳐줘야 합니다. 그렇게만 되면 존슨도 무너집니다."

"아! 말씀드리는 순간, 존슨이 퀵 모션에 들어갑니다."

4구!

그 공은 존슨의 손목을 떠났다.

'싱커……'

타석의 포사이드도 그걸 유념하고 있었다. 볼이 하나 더 들어오면 3-1이 될 판. 그렇게까지 몰리고 싶지는 않을 테니 자신의 주 무기를 쓸 가능성이 높았다.

그런데… 시야에 확 들어온 공은 싱커가 아니었다. 잔뜩 부풀어 있던 포사이드의 어깨 근육은 다소 밋밋하게 보이는 궤적을 참지 못하고 배트를 휘둘렀다.

짝!

스윙은 타격음과 약간의 괴리를 보였다. 정타가 아니었다. 공은 존슨의 전매특허 싱커가 아니라, 종으로 변하는 슬라이더였다. 자칫 제구가 안 되면 공이 빠질 수도 있는 도박. 그러나 잘 먹히면 더블플레이 유도에 금상첨화인 공. 그 공에 포사이드가 속아버린 것이다.

공은 스완슨 앞으로 굴러왔다. 가볍게 포구한 스완슨이 2루 커버에 들어온 알비에스에게 토스를 했다. 베이스를 찍은 알비에스. 거친 슬라이딩으로 들어오는 1루 주자를 피해 날아오르며 공을 뿌렸다. 공은 다리를 쫙 벌린 1루수의 글러브에 빨려 들어갔다.

"……!"

잠시 시간이 정지된 듯 심판의 콜이 나오지 않았다. 관중들의 시선이 1루심에게 꽂혔다.

"아웃!"

그제야 1루심의 주먹이 올라갔다. 동시에 브레이브스의 더그아웃 선수들이 함성과 함께 펄쩍 뛰었다.

"와아아!"

함성······.

"와아아!"

또 함성······.

2연패의 수모를 깨끗하게 갚아주는 셧아웃이었다. 운비는 동료들의 축하를 받았다. 등짝을 얻어맞으며 그라운드로 나가 팬들의 환호에 보답했다. 인시아테가 다가와 바람처럼 속삭였다.

"최고였어."

"뭐가요?"

"리크, 단 하나의 리크······."

인시아테는 기쁨을 참지 못하고 운비의 허리를 안아 들어 올렸다.

6승 2패.

운비의 승이 하나 올라갔다. 뿐만 아니라 ERA도 1.75로 떨어졌다. 꿈의 방어율 1점대에 진입한 것이다. 내셔널스를 발랐을 때만큼은 아니었지만 선수단의 분위기는 한층 밝아졌다. 스윕을 면한 것도 그렇지만 다저스 타선을 셧아웃시킨 것이다. 2패에 대한 위로가 되는 승리였다.

"축하한다."

류연진이 다가와 인사를 챙겼다. 슬슬 구위가 살아났지만 첫 승이 늦은 류연진. 겸연쩍은 마음도 들었지만 여기는 승부의 세계였다.

"고맙습니다."

운비는 뜨거워진 볼로 류연진의 인사를 받았다.

그날 밤, 5인방이 뭉쳤다. 다저스를 셧아웃시킨 자축 겸, 슬럼프에서 탈출한 인시아테와 프리먼을 축하하는 자리였다. 그 5인방 안에는 뜻밖에도 토모가 끼어 있었다. 거기에 운비와 리베라를 더해 5인방이 되었다.

"Bottom up!"

프리먼이 건배 제창을 했다. 운비는 일단 맥주 한 잔을 마시고 콜라로 갈아탔다. 운비의 취향을 알기에 누구도 태클을 걸지 않았다. 빅 리그는 그게 좋았다. 한국처럼 같이 죽고 같이 살자를 강요하지 않는 것이다.

"그러니까 인시아테가 신봉하는 행운의 상징인 리크에 대해 제대로 된 처방을 내준 게 황이란 말이지?"

프리먼의 목소리가 높아졌다.

"그렇다니까."

"온리 원 Eating?"

"그렇다고."

"하핫, 그렇군. 행운이라는 게 너무 많으면 행운이 아니라 욕심이지."

"그 평범한 걸 몰랐다니까."

"그런데… 다른 것도 황에게 목이 메었다고 하던데?"

프리먼이 인시아테를 바라보았다. 둘 역시 한 살 차이. 그렇기에 친구처럼 지내고 있었다.

"뭐, 그것도……."

"황!"

프리먼이 운비를 바라보았다.

"혹시 다른 시스터는 없나? 인시아테가 가진 사진을 보니 무자비하게 뷰리플한 미녀던데?"

"쳇, 있으면 내가 벌써 낚았죠."

잠잠하던 리베라가 끼어들었다.

"어이, 동양 여자는 말이야 나 같은 스타일을 좋아하거든."

프리먼이 질 리 없다.

"황, 토모, 진짜 그래?"

리베라가 두 동양인에게 인증을 요청했다.

"솔직히 말씀드리면, 재팬은 몰라도 코리아 숙녀는 매력이 없어요."

운비가 대표로 대답했다.

"왜?"

토모를 제외한 세 남자가 입을 모았다.

"공주가 되고 싶어 하거든요. 손에 물 안 묻히고 우아하게 숨 쉬는 프린세스. 뭐, 다는 아니지만요."

"으음… 프린세스……."

이번에는 똑같이 신음을 내는 세 남자.

"하지만 코리아 여자의 진짜 소원은 다른 데 있죠."

"그게 뭔데?"

프리먼의 말이 조금 빨랐다.

"먹어도 먹어도 똥배 안 나오게 만드는 마법을 부릴 줄 아는 남자? 그런 남자가 있으면 두 손 들고 달려올걸요?"

"리얼리?"

"하핫, 전부 조크입니다. 아무튼 다른 시스터는 없으니까요."

"우워어, 비극이네."

웃고 떠드는 사이에 특별식이 나왔다. 운비가 한국인 음식점 주인에게 특별히 부탁한 스페셜 메뉴였다.

"에? 이걸 먹으라고?"

프리먼과 인시아테가 눈을 휘둥그레 떴다. 그럴 수밖에. 주인이 가져다 둔 건 불판 위에서 달구어진 자갈통이었다.

"그런데 냄새는 좋은데?"

프리먼이 코를 벌름거렸다.

"황의 매직이죠. 이 안에 진짜 판타스틱한 요리가 들어 있거든요."

이미 운비의 특별식을 얻어먹은 경험이 있는 리베라가 집게를 들고 뜨끈하게 달아오른 자갈 숲을 헤쳤다. 그러자 노릇하게 익은 삼겹살 덩어리가 나왔다. 은근하게 달구어진 자갈 사이에서 익어 나온 삼겹살은 기름이 쪽 빠진 채 기막힌 칼라와 맵시를 자랑하고 있었다.

"인시아테!"

삼겹살 덩어리를 꺼내놓은 운비가 인시아테를 불렀다.

"응?"

"리크 가져왔죠?"

"그야······."

인시아테가 리크 병을 꺼내놓았다.

"이게 코리아의 마늘 And 양파 맛과 비슷하던데, 원래 코리아에서도 삼겹살을 마늘에 싸먹기도 하거든요. 치킨 스튜에만 어울리는 게 아닐 테니······."

운비는 첫 고기를 쌈에 싸서 볶은 고추장 소스를 곁들인 후에 리크를 몇 조각 올렸다. 그건 프리먼의 입으로 향했다.

"으헛!"

다음 것은 인시아테의 입이었다.

"푸핫!"

"좀 핫할 거예요. 하지만 먹고 나면 완전 중독될 테니 믿고 넘겨보시라고요."

세 번째 쌈은 토모의 입에 넣어주었다.

"이엇!"

세 남자는 뜨거운 입김을 뿜으며 어쩔 줄을 몰라 했다. 고추장 소스 때문이었다. 하지만 첫맛만 매웠지 그렇게 지독한 맛은 아니었다. 매운맛이 가시자 고소한 삼겹살의 뒷맛이 느껴졌다.

"웅?"

"음?"

"오옷?"

두 남자의 표정이 비슷하게 밝아졌다. 매운맛 뒤에서 올라오는 고소한 뒷맛. 그 묘한 중독성에 프리먼이 먼저 웃었다. 하지만 토모는 조금 달랐다. 그는 일본인이라 그런지 매운맛이 살짝 힘든 표정이었다.

"화끈하지만 기분이 좋아지는데?"

프리먼이 소리쳤다.

"이걸 마시면 더 좋아질 겁니다."

운비가 내민 건 소주였다. 그 또한 한국인 주인에게 미리 부탁한 것이었다.

"원샷!"

운비도 술잔을 들었다. 콜라 마니아지만 한두 잔이야 문제없는 운비. 오늘 한국의 음식을 알리기 위해 위를 희생하기로 마음먹었다.

"캬아!"

소주에 대한 반응은 어찌 저리 같을까? 다섯 나라에서 모였지만 감탄사만은 거의 비슷하게 나왔다.

"으아, 이거 에너지가 팍팍 솟네."

프리먼은 두 팔을 걷고 삼겹살을 마구 욱여넣었다.

"황, 쉐프 자격증도 있나? 요리에도 일가견이 있는 듯한데, 시스터 윤서도 그래?"

인시아테가 물었다.

"누나에 대한 질문은 누나에게 직접."

"아, 보고 싶다. 윤서……."

"인시아테!"

인시아테가 헤벌쭉 넋을 놓자 프리먼이 버럭 소리를 질렀다. 물론, 정감이 소스처럼 잔뜩 묻은 고함이었다.

다섯이 삼겹살 20인분을 해치웠다. 그러고도 프리먼은 부족한 눈치였다. 하지만 주인장이 애당초 준비한 물량이 동났기에 더 먹을 수 없었다. 아쉬운 대로 그렇게 헤어지게 되었다.

"다음에 또 부탁해."

프리먼이 먼저 떠났다. 다 가고 남은 건 토모와 운비 둘이었다.

"황!"

먼 하늘을 보던 토모가 입을 열었다.

"예?"

"나는……."

"아, 아까 고추장은 미안했어요. 취향도 모르고 재미로……."

"아니야. 아직도 알알하지만 나쁘지 않았어."

"그럼 고맙고요."

"내가 아리가또지."

"토모가 왜요?"

"정말이야. 나도 내 성격 고쳐보려고 했는데 잘 안 됐거든. 전에 있던 구단에서도 살짝 왕따였어. 그래서 브레이브스로 가라고 할 때 동의를 했는데 와보니 잘한 거 같아. 분위기도 좋고……."

"형은 일본 사람이니까 스시… 초밥 같은 거 못 해요?"

"하지는 못하지만 잘하는 레스토랑은 알지."

"그럼 우리 언제 거기 한번 가요. 아까처럼 5인방이… 아니, 팀원이 전부 가면 더 좋을 거 같은데?"

"황이 주선해 줄 테야?"

"하지만 계산은 형이 하는 겁니다."

"형?"

"나보다 연상이잖아요. 그냥 토모라고 부를까요?"

"아니, 고마워서……."

토모의 양 볼이 더 붉어졌다. 그도 알고 보면 순진한 남자였다.

"고맙긴요. 당연한 일인데……."

"전에 짜증 냈던 거 미안해."

"나는 기억에도 없는데……."

"그리고 6승도 다시 한번 축하하고."

토모의 마음이 완전히 열렸다. 눈을 보면 알 수 있었다. 그의 눈은 마치 연인이라도 바라보는 듯 잔잔하게 변해 있었다.

"우리 힘 합쳐서 잘해봐요. 제가 잘 모르니까 잘 가르쳐 주고요."

"누가 누굴 가르쳐? 황이 나이는 어리지만 피칭은 우리 팀 에이스야."

"아직은 아니지만 그렇게 되도록 노력해 볼게요."

"꼭 그렇게 될 거야."

토모가 손을 내밀었다. 그 손을 잡았다. 토모의 손도 마냥 따뜻했다. 다른 어느 날 보다도 더…….

내셔널스—41승 19패.

브레이브스—38승 22패.

메츠—31승 29패.

말린스—31승 29패.

필리스—24승 36패.

레이스는 6월에 접어들었다. 운비는 겹친 피로와 몸살로 한 게임을 결장했다. 이때까지만 해도 단독 2위를 찍으며 브레이 브스는 선전하고 있었다. 최근 들어 메츠가 버벅거리는 것도 도움이 되었다.

딕키가 부상에서 회복되면서 선발 로테이션에 여유가 생기 나 싶었다. 하지만 콜론이 어깨 이상으로 DL에 이름을 올렸 다. 선발 로테이션은 여전히 빽빽하게 돌아갔다. 돌아온 딕키 의 구위도 시즌 초반 같지는 않았다. 다행히 크린트가 5선발 과 불펜을 오가며 구멍을 메웠다.

그사이 운비는 필리스전에 등판했지만 승운이 없었다. 이 제 슬럼프를 벗어난 인시아테와 프리먼, 둘이 리베라를 가운 데 두고 징검다리 홈런까지 쏘아 올렸음에도 패전의 멍에를 쓰고 말았다.

바람의 영향이 컸다. 심판의 존도 좁았다. 투구 수가 늘어

나는 가운데 플라이가 될 공이 바람의 힘으로 담장을 넘어가 버렸다. 3루수 에러로 나간 주자에 내야 강습 안타까지 겹쳐 3점 홈런이었다.

7회 초 원아웃이었다. 2회에 한 점을 주었던 운비, 4점의 자책을 기록하고 마운드를 내려갔다. 투구 수가 100개에 달했던 것이다. 그때까지의 스코어는 4 대 3. 방망이가 살아나지 않으면 패전이 될 판이었다.

기대는 금세 사라졌다. 문제는 불펜들이었다. 크린트가 선발을 오가자 셋업맨 층이 얇아졌다. 마이너에서 올라온 조이 말라드가 난조에 빠지면서 바로 추가점을 허용하고 말았다. 볼넷 두 개를 내준 데 이어 싹쓸이 3루타를 맞았고 폭투로 한 점을 더 헌납했다. 브레이브스는 8 대 4로 무릎을 꿇었다. 운비의 방어율은 2점대로 치솟았다.

그래도 소득은 있었다. 신인왕 후보를 다투는 필리스의 스캇 보예스만큼은 완벽하게 묶어버린 것이다. 그를 세 번 맞이해 두 번은 삼진, 또 한 번은 유격수 땅볼로 무너뜨렸다. 올라간 운비의 방어율만큼 그의 타율을 떨어뜨렸으니 헛심을 쓴건 아니었다.

그건 플라워스의 배려였다. 다른 타자는 몰라도 보예스만큼은 잡아야 한다는 각오로 임했던 것이다.

"땡큐!"

운비는 인사를 잊지 않았다.

올스타 브레이크를 한 달여 앞두고 다시 빅 매치가 예정되었다. 메츠와 내셔널스로 이어지는 6연전이었다. 메츠와는 원정에서, 내셔널스와는 홈에서 붙게 되었다.

스윕!

누구든 스윕을 하면 팀 스탠딩이 변할 판이었다. 루징시리즈가 된다고 해도 순위표는 요동칠 준비가 되었다. 브레이브스가 3강을 이루는 두 팀과 붙는 반면, 메츠와 내셔널스는 브레이브스와의 경기 후에 말린스, 필리스와 6연전이 예정된 까닭이었다.

최근 들어서는 말린스의 약진이 눈에 띄었다. 6연전을 5승 1패로 쓸어 담으며 2위 브레이브스의 숨통을 조여오는 말린스였다.

어느새 3분의 1 이상을 달려온 레이스. 아직까지는 분전하고 있지만 브레이브스에게 유리한 건 없었다. 7월이 되면 내셔널스와 메츠는 트레이드 시장으로 달려갈 게 뻔했다. 특히 내셔널스는 이미 돈 보따리 준비를 끝낸 까닭이었다. 그 자극은 브레이브스 때문이었다. 지구 꼴찌로 예상되던 팀이 끈끈하게 변해 판도를 바꾸고 있었다. 그렇기에 밸런스가 맞지 않는 수비와 함께 압도적인 마무리를 쇼핑(?)하기 위해 레이더를 가동한 내셔널스였다.

메츠 역시 준수한 1루수와 3루수 찾기에 혈안이 되어 있었다. 그 두 포지션 때문에 놓친 게임이 한둘이 아니기 때문이었다.

공동 3위를 찍은 말린스 역시 뒷심을 발휘하기 시작했다. 현재의 멤버가 최상은 아니지만 짜임새가 있었다. 그들도 지구 2위 탈환이 가능해지면 트레이드 시장에서 눈요기만 할 태세는 아니었다.

하지만!

브레이브스만은 그렇지 않았다. 단장 하트라고 손발 묶고 요트 낚시나 즐기는 것은 아니지만 재정 사정이 달랐다. 그동안 수도 없이 되뇌어온 어이 상실 중계권료 협상. 이럴 때마다 두고두고 한으로 씹히는 흑역사였다.

메츠와의 3연전이 벌어지기 전 날, 코칭스태프들이 트레이닝을 받고 있는 운비를 찾아왔다. 리베라도 그 자리에 있었다.

"황!"

"감독님."

"오늘은 괜찮나?"

"예……."

"메츠와의 3연전 시작, 그리고 내셔널스와의 3연전 마지막 날 등판이야."

"열심히 하겠습니다."

"어쩌면 그 어깨에 전반기의 성적이 달렸는지도 모르겠네."

"예."

"내셔널스도 지난번에 스윕을 당했으니 홈에서 벼르고 있을 거야. 그래야 지구 강자다운 위용을 되찾을 수 있다고 생각할 테니까."

"그렇겠죠."

"이번 고비만 넘겨보자고. 조금 있으면 올스타 브레이크 기간이니까. 이번에 자네가 2승 추가하면 전반기에 10승을 바라볼 수도 있네. 그럼 리베라의 성적과 함께 신인왕 경쟁 구도를 우리 팀 안으로 다시 돌려놓을 수 있을 거야."

브레이브스 안에서의 신인왕 경쟁.

그 말은 정말 매력적이었다. 운비와 다른 경쟁자들이 주춤하는 사이에도 리베라는 진격했다. 결정적으로 홈런 세 방을 추가한 게 컸다. 장타력에 이어 클러치 능력, 게다가 타율까지 0.338로 끌어올린 리베라였다. 지금까지 그의 홈런은 아홉 개. 한국에서 복귀한 슈렉 테임즈가 10홈런을 달성한 것보다야 늦지만 루키 중에서는 뒤지지 않는 기록. 추세대로라면 남은 전반기 게임에서 네다섯 개의 홈런 추가가 예상되었다. 그렇게 되면 전반기만 13개 이상. 홈런 20개가 넘으면 리베라가 다른 경쟁자들보다 유리해질 수 있었다.

"흐음, 나보고 개점휴업하라는 겁니까? 뭡니까?"

듣고 있던 리베라가 변죽을 울렸다.

"둘이 같이 경쟁하라는 거야. 그래야 시너지 효과가 있을 테니까."

"등골 빼먹으려는 건 아니고요?"

리베라의 입담은 감독 앞에서도 거침이 없었다.

"힘들면 마이너로 보내서 좀 쉬게 해줄까? 거기서 올라오고 싶어 하는 친구들이 한둘이 아니던데?"

"아, 아닙니다. 그저 게임에만 내보내 주십쇼."

리베라는 유머러스하게 상황을 정리했다.

"황!"

코칭스태프가 나가자 리베라가 운비를 불렀다.

"왜?"

"너 올 시즌에 꼭 16승 채워라."

"신인왕 양보하게?"

"아니, 내가 30홈런 쳐서 약 팍팍 올리며 거머쥐게."

"꿈도 크구나? 네가 30홈런이면 나는 24승이다."

"아무래도 좋지 않냐? 너하고 나하고 둘이, 빅 리그에 잘 적응하고 있는 것도 좋은데 신인왕까지 겨루고 있으니."

"아직 스완슨도 만만치 않아. 다른 팀 경쟁자들은 팀 사정상 우리보다 유리하고."

"상관없잖아? 우린 어차피 잃을 것도 없는데."

리베라는 늘 그렇듯 어깨를 으쓱해 보였다.

"그건 그렇네."

"잘해보자. 나 이기려면 승수 꽉꽉 쌓아."

"내 걱정 말고 타율 관리나 잘하시지. 앞으로 다이아몬드백스부터 컵스, 카디널스까지 빵빵하게 줄을 서 있거든."

"까짓것 다 뭉개면 되지. 히트, 히트, 히트!"

리베라가 빈 스윙을 해보였다.

"그건 그렇네?"

"해보자. We can do it."

"Sure."

리베라가 내미는 주먹에 운비도 주먹을 마주쳤다. 두 루키의 가슴은 여전히 열정으로 뜨거웠다. 둘은 하루에 두 번씩이라도 그라운드에 서고 싶은 마음이었다.

*　　　　　*　　　　　*

메츠!

그들의 봄은 예년과 달랐다. 늘 지구 우승을 목표로 할 만큼 탄탄한 전력이었지만 올해는 하향세가 뚜렷했다. 그나마 초반까지는 괜찮았다. 하지만 지지난 8연전에서의 타격이 심각했다. 그때 그들은 2승 6패를 찍었다. 그때부터 메츠는 흔들리기 시작했다. 거기에 말린스에게 일격을 당하면서 자칫하면 필리스와 꼴찌를 다툴 태세였다.

그렇기에 이번 홈 3연전에서 분위기 반전을 노리는 메츠였다.

선발투수는 신더가드가 내정되었다. 지지난 말린스와의 경기에서 160㎞/h의 속구를 뿌려대며 팀의 위닝시리즈에 기여했던 신더가드. 지난번에도 무려 10개의 탈삼진을 솎아내며 말린스의 스윕을 저지하고 에이스의 기량을 뽐낸 그였다.

"헤이, 황!"

메츠로 가는 비행기, 인시아테가 좌석으로 다가왔다.

"뭘 도와드릴까요?"

테니스공을 주무르던 운비가 물었다.

"여기서도 훈련?"

이제는 운비의 악력 훈련을 알고 있는 인시아테였다.

"노느니……"

운비가 어깨를 으쓱해 보였다.

"이거 마이 홈타운에서 새로 보내온 거거든."

그가 들어 보인 것, 여전히 리크였다.

"흐음, 행운을 주려고 하는군요."

"물론, 특별히!"

"그럼 부탁 하나 해도 되요?"

"그것도 물론."

"토모에게도 주세요."

"토모?"

"저 다음에 토모, 그리고 블레어잖아요? 기왕 적진으로 가는 거 싹 쓸고 와야죠?"

"스윕?"

"못 할 거 없잖아요?"

"하핫, 황은 그 마인드가 최고라니까. 활기차면서도 팀을 생각하는……."

"예스죠?"

"물론이지. 토모에게는 특별히 한입 가득 먹여주지."

"홈, 언제는 나에게 특별히라더니."

"오케이, 황보다 조금 적게. 됐지?"

인시아테는 웃으며 토모에게 옮겨갔다. 리크를 입에 문 토모가 운비를 향해 엄지를 세워 보였다.

팀 분위기는 좋았다. 운비가 첫 테이프만 제대로 끊으면 스윕도 가능해 보였다. 그렇게 되면 메츠에게는 절망이다. 말린스의 성적에 따라서 4위로 내려앉게 되는 것이다. 말린스의 이번 주 대진운은 괜찮은 편에 속했다. 더구나 갈수록 팀 파워가 끈끈해지는 말린스. 어쩌면, 브레이브스가 1위로 올라서지 못하면 말린스와 2위를 두고 다툴 것 같은 분위기였다.

상관없지.

운비는 테니스공에 닿은 손가락에 깊은 압력을 주었다.

코리안 출신 빅 리거들……

운비를 제외하고는 초반 성적이 좋지 않았다. 부활을 노리던 류연진은 최근 등판에서도 승을 올리지 못했다. 그리 나쁘다고도 할 수 없는 성적이지만 인상적이지 못한 건 확실했다.

'문제는……'

RPM이었다.

주제넘지만 운비는 그의 투구 영상을 보고 알았다. 류연진의 노련미는 여전했다. 위기관리 능력도 좋았다. 하지만 약간의 구속 저하와 함께, 툭 떨어진 RPM이 그의 발목을 잡고 있었다. 잘못 걸렸다 하면 홈런이 되는 것이다.

그건 운비도 주의할 점이었다. 커터와 쌍을 이룬 포심. 두 공이 똑같이 보이게 하기 위해 맞춘 RPM이지만 가운데로 쏠리면 담장을 넘어간다. 그나마 최근 들어 같은 포심이라도 RPM을 조절하며 타자의 타이밍을 뺏는 게 주효하고 있었다.

우승환도 초반에는 지난해 같은 장악력이 부족했다. 다만 최근 들어서는 회복세. 기타, 빅 리그를 뒤집어보려고 태평양을 건너온 한국 타자들은 간간히 출장하거나 여전히 마이너에 있었다.

운비는 그래서 지금이 더 행복했다. 그 하늘 같던 선배들.

그들도 허덕이는 이 빅 리그에서 무려 6승을 올린 것이다. 방어율 또한 원래의 목표보다 낮았다. 운비는 이 모든 공을 포수들에게 돌렸다.

운비가 가진 마법의 신성 시력. 그것으로 지배하는 스트라이크존. 그러나 좋은 포수들은 거기에 상대 타자의 컨디션을 가미해 공을 리드하고 있었다. 운비의 신성 시력과 합쳐 시너지가 되는 것이다.

7승!

이번 목표였다.

스윕!

그 다음 목표였다.

운비의 손가락에 무한 힘이 들어갔다. 테니스공은 터질 듯이 눌리고 있었다.

메츠의 홈구장은 오늘도 뜨거웠다. 지난 몇 해에 비해 팀 성적이 좋지 않지만, 팬들은 메츠에 대한 성원을 잊지 않았다. 오늘도 그 애플은 여전했다. 그 휘황찬란한 광고판들은 여전했다. 과연 미국의 중심부였다. 그리고 그 중심부의 홈구장다웠다.

운비는 오늘도 루틴을 잊지 않았다. 그렇다고 시간에 얽매이며 맞추려고 애쓰지도 않았다. 루틴은 의식하는 것보다 자연스러운 게 좋았다. 아침에 일어나 샤워하고 밥을 먹고, 학교에 가듯, 의식하지 않아도 몸에 배어야 하는 게 진짜 루틴이었다.

몸은 레오와 함께 풀었다. 그는 이제 런닝까지도 운비와 함께해 준다. 물론, 다른 투수들에게도 그들에게 맞는 루틴을 함께해 주었다. 마운드에는 함께 서지 못하지만 불펜에서는 레오가 최고의 포수였다.

"황!"

어깨를 나란히 달리던 그가 소리쳤다.

"네?"

"다리에 힘 들어갔어. 조금 더 슬로우."

"아, 네."

그는 귀신이다. 운비의 동작만 보아도 어디가 긴장하고 있는지 알고 있다. 그의 눈썰미 처방에 따라 다리부터 트레이너들의 도움을 받았다. 다리에 이어, 허리와 어깨를 풀고 나니 컨디션이 한결 나아졌다.

오늘의 주전 포수는 로커였다. 플라워스가 어깨 통증으로 쉬면서 그가 대신 출장을 하게 된 것. 플라워스나 스스즈키만큼은 아니었지만 딱히 신경 쓰지 않았다.

왜냐면!

로커도 승이 필요하기 때문이었다. 여기는 빅 리그. 그 역시 기록을 만들지 않을 수 없는 플레이어였다.

토스로 어깨를 풀며 본격 등판 준비를 시작했다. 공은 로커가 직접 받았다. 그도 이제 운비의 루틴을 알아 거기에 맞추었다.

─밖에서 안으로.

─안에서 밖으로.

그리고 원하는 코스에 몇 개, 원하는 구질과 구종으로 몇 개. 차근차근 운비의 오늘 컨디션을 점검하고 불펜 피칭을 끝냈다. 그가 다른 포수와 다른 건 하나뿐이었다. 레오의 의견 따위는 묻지도 듣지도 않는 것이다. 그는 선을 확실히 했다. 자신은 빅 리거였고 레오는 연습용 포수였다.

"황!"

불펜을 나서는 운비를 레오가 불렀다.

"오늘은 하이 패스트 볼이 좋아."

"땡큐!"

인사를 받은 레오의 손이 중견수 뒤의 전광판을 가리켰다. 그의 두 손이 X자를 그리고 있었다. 홈런애플을 뜻하는 것이다. 애플이 위로 올라오지 못하게 하라는 것이니 홈런을 내주지 말라는 우정의 표현이었다. 운비는 엄지를 세워 보이며 자신감을 나타내 주었다.

"황!"

두 번째로 운비를 찾은 건 리사였다. 기다리고 있던 터였다. 오늘처럼 중요한 게임에서 그녀가 지나칠 리 없었다. 그녀 뒤로 차혁래 기자도 보였다.

"요즘 새로 뜨는 경쟁자 아시죠?"

리사의 마이크가 다가왔다.

새로 뜨는 경쟁자…….

바로 말린스의 혜성 토마스 가렛이었다. 5월 중순부터 빅 리그에 컴백한 가렛이 최근 몇 경기에서 빅 리그를 달구고 있었다.

―6이닝 1실점.

―7.2이닝 무실점.

―7이닝 무실점.

어쩌면 운비의 몇 게임을 판에 박은 모양새였다. 지난 1년 동안 토미존 수술을 받고 회복하느라 크게 주목받지 못하던 선수. 그 선수가 반전을 이룬 것이다.

수술 전 그의 성적은 빅 리그 통산 1승 5패에 ERA 6.12 피안타율 0.194 WHIP 0.77이었다. 공도 그리 빠르지 않았다. 최근 몇 게임의 통계도 그렇게 나왔다.

패스트 볼 139km/h

체인지업 129km/h

느린 패스트 볼과 체인지업으로 무장한 그의 공이 빅 리그에 슬로우 바람을 일으키고 있는 것이다. 그는 패스트 볼을 교묘한 위치에 날린다. 우타자에게는 바깥쪽이고 좌타자에게는 몸 쪽이다. 체인지업은 그보다 아래로 떨어뜨려 재미를 본다.

최근 성적만 본다면 운비보다 앞서고 있다. 20이닝을 던지면서 피홈런도 없고 삼진은 24개를 잡았다. 지금처럼 호투한다면 '당연히' 신인왕을 거머쥘 수 있었다. 그 역시 규정 이닝을 채우지 않은 '신인'인 까닭이었다. 결국 조나단, 보스, 마이크던, 톰프슨 등의 경쟁 구도에 또 하나의 강력한 라이벌이 등장한 셈이었다.

"협박이군요?"

운비가 웃었다.

"그 미소는 자신감으로 봐도 되겠죠?"

"가렛은 가렛이고 저는 접니다. 오늘도 저의 투구를 하겠습니다."

운비가 주먹을 쥐어 보였다. 막간 인터뷰 화면은 거기서 끝났다.

"파이팅!"

리사 뒤의 차혁래 역시 주먹을 쥐어 보이며 운비의 행운을 빌었다.

"……‼"

경기 개시 직전의 구장은 비교적 조용했다. 한국처럼 방방 뜨는 응원 같은 건 없었다. 어쩌면 단체 응원은 브레이브스 구장에서만 일어나는 일인지도 몰랐다. 미국인들은 그저 야구를 즐겼다. 지나치게 흥분하지도, 지나치게 매정하지도 않았다. 그들의 감정 표현이 조금 과장적으로 보이던 것과 비교하면 이상할 정도였다.

"황!"

스니커와 헤밍톤이 다가왔다.

"부탁하네."

스니커는 운비의 어깨를 쳐주고, 헤밍톤은 주먹을 내밀었다. 그 주먹을 마주치자 리베라가 기다리고 있었다. 오늘은 토모의 주먹도 있었다. 브레이브스의 선공. 방망이를 챙겨든 인시아테가 다가왔다.

"오늘은 몇 점 뽑아주면 되겠어?"

"뭐 한 세 점요?"

"좋아. 까짓것 다른 타자들이 못 치면 내가 쓰리런 날린다."

"어어, 그럼 나는요?"

뒤에 있던 리베라가 울상을 지었다.

"그럼 너도 쓰리런 날리던가?"

인시아테는 방망이로 리베라의 헬멧 위를 톡톡 내리치고는 전장으로 나섰다.

바바바밤!

결투에 나서는 서부영화의 주인공처럼, 그의 뒷모습은 제법 비장했다.

2. 기적의 쓰리런

신더가드의 초구는 우렁차게 미트에 들어갔다. 인시아테는 매의 눈으로 공을 노렸지만 신더가드의 무브먼트가 좋았다. 신더가드는 쓰리런 홈런을 예고했지만 1회 초 브레이브스 타자들은 삼자범퇴로 물러났다.

1회 말.
운비가 마운드에 올랐다.
'후우!'
심호흡을 하며 그라운드 전체를 조망했다.

7승!

그건 조용히 땅에 내려놓았다. 여전히, 결과는 생각지 않기로 했다. 생각한 건 단 하나.

'하이 패스트 볼.'

"오늘은 그게 좋아."

레오가 해준 말이었다.

하이 패스트 볼.

레오는 왜 그 말을 했을까? 그건 운비의 볼 스피드 때문이었다. 운비도 컨디션이 좋으면 158~159㎞/h를 찍는다. 빅 리그에서 '아' 소리 날 정도는 아니지만 크게 꿀리지도 않는 구속이다. 하지만 운비의 공은 구속만으로 평가할 수 없다. 독특한 딜리버리와 릴리스 포인트와 함께 커맨드가 탁월한 까닭이었다. 거기에 더해 크레이지 무브먼트를 가지고 있었다. 독사의 공격처럼 타자 몸 쪽으로 덤비는 포심이 바로 그랬다.

현재 슈허저와 에스트라다도 하이 패스트 볼로 짭짤한 재미를 보고 있다. 싱커의 유행과 더불어 어퍼 스윙을 하는 타자들이 많아지는 데 대한 추세이기도 했다.

다저스의 알렉스 커쇼도 이 하이 패스트 볼로 탈삼진 수를 확연히 높였을 정도였다. 구속도 괜찮고 수직 무브먼트가 뛰어난 운비의 패스트 볼. 레오의 말은 좋은 대안이 될 수 있었다.

문제는 밋밋하게 들어가는 하이 패스트 볼. 실투가 들어가면 홈런이 될 가능성이 높은 게 하이 패스트 볼의 맹점이었다.

'가자!'

로커의 미트가 자리를 잡았다. 미트를 중심으로 붉고 푸른 매직 존이 섰다.

'안녕.'

오늘은, 운비가 먼저 수호령에게 인사를 했다. 또다시 한 게임이 시작되는 것이다.

'하이 패스트 볼!'

사인도 운비가 먼저 냈다. 레오의 말에 꽂힌 까닭이었다.

'낮게!'

로커가 반대했다.

'한 번만요.'

운비가 고개를 저었다. 살짝 구겨진 로커의 미간. 하지만 미트는 조금 높은 곳으로 올라갔다. 리드오프로 나온 그랜더슨의 콜드 존이 거기에도 있었기 때문. 로커가 비록 잔재미는 없는 사람이지만 선발투수의 기분을 상하게 만들 필요는 없다는 것까지 모르진 않았다.

메츠의 스타팅은 약간 변동되고 있었다. 레이예스와 그랜더슨이 테이블 세터를 번갈아 오가는 건 같았지만 1루는 트리플 A에서 올라온 알론소가 책임을 졌다. 기존 타자들이 신통치 않은 덕분이었다.

1번 타자: 그렌더슨(CF)

2번 타자: 제임스 레이에스(3B)

3번 타자: 워커(2B)

4번 타자: 윌리엄 세스페데스(LF)

5번 타자: 아놀드 콘포르토(RF)

6번 타자: 데몬 로사리오(SS)

7번 타자: 그렉 알론소(1B)

8번 타자: 레메라(C)

9번 타자: 신더가드(P)

밝은 불이 들어온 전광판의 오더를 슬쩍 바라본 운비, 어두워진 공기를 시원하게 가르며 포심을 날렸다.

쾅!

미트에 벼락이 꽂히며 초구가 들어갔다.

"스뚜악!"

주심의 콜이 나왔다. 그렌더슨의 몸 쪽 어깨에 가장 가까운 코스였다.

'땡큐!'

공을 받은 운비가 로커에게 답례를 했다. 초구를 고르게 해 준 데 대한 예의였다.

'낮게.'

미트는 처음의 그곳으로 옮겨갔다. 그렌더슨이 가장 취약한 무릎 아래의 콜드 존이었다. 군말없이 따라주었다.

뻥!

미트가 울렸지만 그렌더슨은 입질을 하지 않았다. 이제 관록이 들대로 든 그렌더슨. 호쾌한 스윙에 주저가 없지만 선구안은 좋은 편이니 오늘도 마찬가지였다. 하지만 운비는 달랐다. 그렌더슨과 세스페데스는 메츠의 심장. 그렌더슨이 작은 심장이라면 세스페데스가 큰 심장이다. 두 심장에 구멍을 뚫어놓는다면 전의를 꺾을 수 있었다.

3구 역시 바깥쪽 모서리에 하이 패스트 볼을 꽂았다.

"스뚜악!"

주심이 다시 반응을 했다. 오늘 주심은, 하이 볼에 관대한 편이었다. 레오의 조언이 더욱 고마운 순간이었다.

'하나 더 가죠?'

운비가 사인을 보냈다.

'낮은 게 좋아.'

'한 번만요.'

'……'

'부탁합니다.'

운비가 모자 챙 안에서 웃었다. 로커는 웃지 않았지만 미트는 원하는 곳으로 대주었다. 운비의 컨디션이 괜찮다는 걸 알기 때문이었다.

'하이 패스트 볼······.'

글러브 안에서 그립을 잡았다. 어쩌면 오늘 전체 투구의 방향을 가늠할 수도 있는 승부구였다. 결정한 이상, 주저없이 와인드업에 들어갔다.

"와아아아앗!"

운비의 4구가 날아갔다. RPM까지 높인 회심의 포심이었다.

슈웃!

그렌더슨의 방망이도 바람을 갈랐다. 그 역시 20홈런 이상을 때려낼 수 있는 파워를 갖춘 타자. 스윙은 경쾌했지만 타격 접점에서 인상이 일그러졌다. 조금 전 본 포심과는 무브먼트가 다른 공이었다.

"······!"

주춤하는 사이에 주심의 액션이 펼쳐졌다.

"스뚜아웃!"

삼진이다.

주심의 액션이 끝난 후에도 그렌더슨은 타석에 있었다.

─완전히 농락당했다.

그의 표정은 그랬다. 힐끔 운비를 노려본 그렌더슨이 돌아섰다. 운비는 공을 만지며 레이예스를 맞이했다. 메츠의 작은 심장을 저격한 운비, 시작은 좋았다. 레이예스도 하이 패스트볼로 잡았다. 타격 자세가 무너지면서 스완슨에게 갖다주는 땅볼이 되었다.

워커는 스타일을 바꿔 커터로 승부를 했다. 4구 만에 방망이가 부러지며 투수 앞 그라운드 볼이 되었다. 운비가 잡아 프리먼에게 던졌다. 프리먼은 달려오는 타자의 유니폼을 가볍게 터치하며 1회를 끝냈다.

2회.

브레이브스가 첫 찬스를 잡았다. 켐프의 타석이었다. 빠른 포심과 싱커로 투낫씽을 잡은 신더가드가 무리수를 둔 것이다. 그 또한 그의 스타일이었다. 실밥이 좀 긁힌다 싶으면 무리수도 마다않는 신더가드였던 것. 켐프는 158㎞/h를 찍으며 날아온 포심을 제대로 받아쳤다.

"아!"

스탠드에서 탄식이 터져 나왔다. 맞는 순간 이미 홈런이었다.

"와아아!"

브레이브스 쪽 스탠드에서 환호성이 일었다. 딱 그만큼, 메츠 쪽에서는 한숨을 밀어냈다. 홈 플레이트를 밟은 켐프는 밝은 세리머니로 팬들에게 보답했다.

1 대 0.

운비의 어깨에 에너지를 주는 점수였다.

그런데, 이 점수는 기묘하게도 3회 초에 메츠 쪽에도 찍히게 되었다. 2회에 세스페데스를 2루수 땅볼로 잡아낸 운비, 이후 내리 세 타자를 범타로 밀어내며 하이 패스트 볼의 재미를 보고 있었다. 그리고 3회 두 번째 타자로 맞이한 물방망이 포수 레메라의 타석.

이번에는 브레이브스 쪽에서 비슷한 비극이 터지고 말았다.

'바깥쪽 높게.'

오늘 잘 긁히고 있는 하이 패스트 볼. 게다가 레메라의 콜드 존. 거기 들어간 공이 일격을 당하고 말았다.

짝!

소리와 함께 공은 직선으로 날아갔다. 스완슨이 몸을 날렸지만 글러브가 닿지 않는 안타였다.

그런 날이 있다. 로또가 맞듯 컨디션이 좋은 날. 그런 날은 슈허저가 나오든 벌렌더가 나오던 상관이 없다. 치면 맞는 것이다. 오늘 레메라가 그런 것 같았다. 물방망이라고 해서 일년 365일 내내 물만 뿌리는 건 아니기 때문이었다.

다음 타자 신더가드는 4구 삼진으로 돌려세웠다. 어쩌면 보내기 번트가 나올 상황이기도 했지만 원아웃을 잡은 까닭에 진루타라도 기대한 모양이었다.

투아웃 1루.

한숨을 돌리며 그렌더슨을 맞이했다. 볼 배합은 처음과 조금 다르게 진행되었다. 1구는 커터를 넣었고, 2구에 하이 패스트 볼을 뿌렸다. 이번 공은 살짝 높아 볼이 되었다. 3구는 체인지업이 들어갔다. 약아빠진 그렌더슨의 방망이가 나오다 멈췄다.

볼카운트 2—1.

운비가 살짝 불리해졌다.

'하이 패스트 볼.'

운비가 사인을 보냈다. 로커는 다른 공을 생각한 듯, 잠시 주저하다 미트를 옮겼다. 슬쩍 1루를 바라본 운비가 포심을 날렸다. 이번 공은 전전 투구의 커터처럼 1,500 RPM대의 볼. 전 타석에서 2,600대의 RPM으로 아웃을 잡았던 운비와 로커. 타자의 생각을 역으로 치고 들어간 것이다.

짝!

그렌더슨의 방망이가 돌았다. 그런데, 그 공이 기묘하게도 3루수와 베이스 사이를 빠져나가 버렸다. 공 두 개 사이의 틈이었다.

"와아아!"

메츠의 팬들이 환호했다. 공은 선상을 타고 계속 굴렀다.

조금만 신경을 썼으면 3루수가 잡을 수 있었던 공. 하지만 이미 빠진 공을 다시 주워담을 수는 없었다.

레메라가 3루를 돌았다. 그는 홈을 향해 치달렸다. 공을 잡은 켐프가 홈을 향해 뿌렸지만 중간에서 스완슨이 커트를 했다. 홈은 이미 늦었기에 타자의 3루 진루를 막은 것이다.

1 대 1.

실투는 아니었다. 그렌더슨의 배트가 좋았다. 잘 던지고 맞은 건, 누구도 어쩔 수 없는 일. 어쩌면 그건 야구 팬들이 원하는 최상의 대결 장면이기도 했다.

한 점…….

까짓것.

훌훌 털어내 버렸다.

"Go, Go!"

운비가 마운드 위에서 멈췄다.

"파이팅!"

리베라와 인시아테, 켐프의 외야 3총사가 화답을 했다. 그 화답은 내야로 돌아와 한 번 더 반복되었다. 운비를 믿는 수비진과, 수비를 믿는 운비. 다시 시작하는 기분으로 레이예스를 상대했다.

빽!

스트라이크아웃.

빡!

스뚜악!

일진일퇴의 공방.

이때부터 펼쳐진 명투수전이었다. 신더가드의 광속구는 점점 더 달아올랐고, 운비의 커터는 더욱더 날을 세웠다. 3회부터 7회까지 물 오른 신더가드의 광속구에 광탈당한 삼진이 무려 6개. 3, 4, 5번 클린업트리오가 줄 지어 삼진을 먹기도 했다.

그래도 메츠 팬들은 웃지 못했다. 신더가드를 상대하는 운비 때문이었다. 동양에서 날아온 빅 유닛. 어쩌면 브레이브스의 1선발 테헤란보다도 까다로운 투수였다. 신더가드가 6개의 삼진을 잡는 동안 운비 역시 5명의 타자를 돌려세웠다. 더구나 그중 세 명은 삼구 삼진이었다.

뿐만 아니라 운비가 작살낸 배트. 그 숫자 역시 여섯 개였다. 이제 메츠의 팬들은 타자들이 타격을 하면 배트가 온전한지부터 체크해야만 했다.

7회 말, 워커의 방망이를 동강낸 운비가 마운드에서 내려왔다. 워커를 알비에스에게 굴러가는 땅볼로 잡아낸 운비였다.

황운비의 투구 수 86.

신더가드의 투구 수 88.

둘은 투구 수조차도 난형난제를 이루고 있었다. 경제적 피칭이 가능한 건 컨디션 때문이었다. 여간해서 볼넷이 나오지 않을 것으로 안 양 진영에서 적극 배팅으로 나왔던 것.

8회 초, 브레이브스는 타순이 좋았다. 2번 타자 리베라가 선두 타자로 나서게 되었다. 오늘 신더가드에게 빼앗은 단 4개의 안타. 그 중 하나를 기록한 리베라였기에 기대가 컸다.

"아, 주자가 있어야 쓰리런을 치지."

리베라는 혼잣말 같은 위로를 운비에게 주며 타석으로 나갔다. 초구는 싱커가 들어왔다. 그냥 보냈다. 2구는 159㎞/h를 찍는 속구가 들어왔다. 신더가드의 위력은 아직도 죽지 않고 있었다.

투 스트라이크.

0-2의 카운트를 좋아할 타자는 없었다. 그러나 예외로 꼽히는 지미 아레나도처럼 리베라도 카운트에 크게 구애받지 않는 타자. 공 하나를 커트하고 4구째 볼을 골라 카운트를 1-2로 만들었다. 거기서 들어온 광속구. 리베라의 방망이가 제대로 돌았다.

짝!

공이 날아가는 순간, 브레이브스의 더그아웃 선수들이 일제히 일어섰다. 제대로 밀어친 타구가 우측 펜스로 날아가고 있었던 것. 우익수 콘포르토가 달리지만 손이 닿지 않을 듯싶었다. 하지만 거기서 기가 막힌 수비가 나왔다. 왼발로 펜스를 딛으며 도약한 콘포르토가 공을 잡아버린 것. 떨어지면서 굴렀지만 그는 공을 놓지 않았다.

"아!"

관중들의 한숨 소리가 2루를 지나던 리베라의 런닝을 멈추게 만들었다.

"쏘리!"

더그아웃으로 들어온 리베라가 운비를 향해 웃었다.

"0.9점 쳐준다."

운비도 웃었다. 그 또한 메츠의 투혼이었다. 누구를 탓하기에 앞서 야구를 만끽할 수 있는 명승부, 명장면인 것이다.

이어진 타석에서 스완슨이 볼넷을 골라냈지만 후속타는 나오지 않았다. 켐프의 타격은 로사리오가 라이너성으로 잡아냈고, 프리먼의 장타 역시 중견수가 펜스 근처에서 잡아냈다. 신더가드는 수비를 등에 업고 숨을 돌렸다.

8회 말, 운비 역시 볼넷 하나를 허용하고 말았다. 하지만 투아웃 이후. 후속 타자를 3루수 땅볼로 처리하며 수비를 끝냈다. 이때까지 운비의 투구 수는 98개였다.

마지막 9회.

타순으로 보면 메츠가 한결 유리했다. 6번 알비에스부터 시작하는 브레이브스에 비해 메츠는 4번 세스페데스가 선두 타자로 나올 판이었다.

"내 대신 한 방 쳐라."

어쩌면 다시 기회가 오지 않을 수도 있는 리베라, 방망이를 고르는 알비에스에게 기를 넣어주었다. 그리고, 알비에스는 거짓말처럼 그 기를 발산해 버렸다. 대형 사고를 친 것이다.

미러클!

사실 기적은 먼 곳에 있지 않았다. 작은 것까지 의미를 부여하자면 모든 게 기적이었다. 오늘 운비가 이 구장에 투수로 선 것도 기적이고, 쿠바의 리베라가 여기서 가족들의 '팔자'를 고쳐주는 것도 기적이다.

관중들 중에는 장애인들도 많았다. 휠체어를 탄 채 핫도그와 콜라를 마시며 경기를 즐기는 장애인들. 그들의 외출도 가난한 나라의 장애인에 비하면 기적이 될 수 있었다.

9회 초.

알비에스는 배트를 두어 번 휘두른 후에 타석에 섰다. 첫 공은 무려 160㎞/h를 찍은 광속 패스트 볼이 들어왔다.

넘보지 마라.

신더가드의 의지가 묻어난 공이었다. 그는 아직 에너지가 파워가 있다라는 걸 무력시위로 보여준 것이다.

"신더가드!"

중계석이 조용히 넘어갈 리가 없다.

"보셨습니까? 신더가드의 패스트 볼?"

"그럼요. 초반보다 더 싱싱합니다. 무려 160입니다. 160."

"브레이브스의 루키 알비에스, 오줌 지리는 거 아닌지 모르겠습니다. 더구나 지금이 몇 회입니까?"

"루키 때는 오줌도 좀 지려봐야죠. 그래야 진정한 야구에 눈을 뜨게 됩니다."

캐스터와 해설자가 말을 주고 받는 사이에 2구가 꽂혔다. 그 또한 광속 싱커였다. 주심은 구장이 떠나가라 스크라이크 콜을 외쳤다.

"아, 싱커!"

"이 순간, 신더가드는 투수가 아니라 아티스트입니다. 싱커가 보통 투수들의 패스트 볼 구속과 맞먹지 않습니까?"

"그렇다면 마지막 회에서 메츠 타자들이 힘을 좀 내줘야겠죠?"

"당연히 낼 겁니다. 더도 말고 한 점 아닙니까?"

"그나저나 브레이브스의 황도 대단한 투수죠? 신더가드에게 조금도 밀리지 않고 여기까지 왔습니다."

"브레이브스의 리빌딩이 성공적으로 이루어지고 있다는 증명이기도 하죠. 메츠 구단주도 본받아야 합니다. 메츠의 유망주 팜은 여전히 황무지입니다."

"볼카운트 투낫씽, 다음 타자들은 하위 타순이니 알비에스만 잡으면 한숨을 덜 신더가드입니다."

"투수가 문제가 아닙니다. 메츠가 살아나려면 전반적으로 타격이 살아야 합니다. 물방망이 때문에 날린 게임이 한둘이 아니지 않습니까?"

"그렇기에 오늘, 마운드에 선 신더가드의 역투가 더욱 눈물겹습니다. 오늘은 부디 타선의 지원으로 승리를 챙기기를……."

중계 멘트와 함께 3구가 날아갔다.

쾅!

패스트 볼이었다. 몸 쪽 꽉 차는 공으로 들어왔다. 알비에스는 하나쯤 빼리라 생각하고 대처하지 못할 공이었다.

삼진!

운비가 보기에는 그랬다. 주심의 손이 올라가도 항변하지 못할 코너워크였다. 하지만 주심은 콜을 외면했다. 스트라이크를 기대하던 포수는 울상을 지었고 신더가드는 아쉬움에 절반쯤 주저앉았다 일어섰다.

볼카운트 1—2.

기사회생한 알비에스가 호흡을 고르고 타석에 들어섰다. 4구는 커브였다. 방금 전 공에 놀랐기에 알비에스는 적극적으로 잘라냈다. 파울이 되었다.

5구!

오늘의 분수령이었다. 기어이 삼진을 잡으려는 듯 신더가드는 쾌속 패스트 볼로 승부구를 날렸다.

짝!

소리와 함께 알비에스의 배트가 돌았다. 그도 기다리던 공이었다. 신더가드는 소리를 따라 고개를 돌렸다. 공은 벌써 중견수를 오버하고 있었다.

중견수가 팔을 뻗었지만 공은 닿지 않았다. 설상가상, 공은 펜스를 맞고 맥없이 떨어졌다. 펜스 플레이를 준비하던 중견수는 주춤주춤 더 뛰었다.

그사이에 알비에스는 2루를 돌았다. 공이 3루수에게 날아왔지만 슬라이딩으로 들어간 알비에스의 손이 먼저 베이스를 짚었다.

"세잎!"

3루심의 두 팔이 미친 듯이 수평을 그렸다.

"와아아!"

브레이브스 팬들이 일제히 일어섰다.

"알비, 알비!"

그들은 알비에스의 애칭을 연호하며 기세를 올렸다. 더그아웃의 스니커와 코치진들 얼굴에도 생기가 돌았다. 노아웃에 3루. 절호의 찬스를 잡은 것이다.

다음 타자는 로커의 차례. 타격 코치가 그를 잡고 뭐라고 귀엣말을 전했다. 로커가 타석에 들어서자 메츠의 수비 시프트가 전개되었다. 내야수들은 전진했다. 외야수들도 몇 발씩 전진 수비로 진영을 바꾸었다. 스퀴즈를 허용하지 않겠다는 의지였다.

운비의 시선이 3루의 알비에스에게 닿았다. 이럴 때는 마치 우주에 떨어진 지구인을 구하는 듯한 비장미마저 감도는 그 라운드였다.

지구 방위군의 모든 전력을 동원해서라도 불러들여야 하는 알비에스. 그러나 로커에게 떨어진 오더는 심플했다. 스퀴즈였던 것이다.

스퀴즈.

어찌 보면 너무 간단한 일. 투수가 던지면 슬쩍 속도를 죽여 원하는 방향으로 보내면 그만이었다. 안타를·치라는 것도, 홈런을 치라는 것도 아니었다.

하지만, 이게 어렵다. 때로는 홈런보다도 어려운 게 스퀴즈였다.

초구!

신더가드가 퀵 모션을 취하자 로커의 타격 자세는 스퀴즈로 변했다. 신더가드는 제구력이 좋은 투수. 스퀴즈를 대는 타자입장에서는 무데뽀 제구력의 투수보다는 편하다.

순간, 로커는 재빨리 타격 자세를 바꾸었다.

짝!

로커는 공을 제대로 맞췄다. 쭉 뻗어나가는 타구가 보였다.

하지만 그 공은 워커의 글러브 안으로 빨려 들어가고 말았다. 2루수 직선타 아웃. 참으로 아까운 타구였다. 로커는 아쉬움에 방망이를 후려치며 더그아웃으로 들어갔다. 스니커 감독의 회심의 한 수가 절묘한 수비에 막히는 순간이었다.

신더가드는 한숨을 돌렸다. 거의 한 점을 줄 뻔한 타구였다. 브레이브스의 강공 선회도 고마웠지만 스퀴즈 시프트도 성공이었다. 정상 수비 위치였다면 잡을 수 없는 타구였다.

8번 타자 다노의 타선에서 대타가 나왔다. 관록의 매트 마키키스에게 한방을 기대한 것이다. 볼카운트 1—1. 거기서 들어온 싱커에 배트가 나갔다.

공은 신더가드의 글러브에 맞고 떨어졌다. 3루 주자는 몇 발을 움직이다 다시 베이스로 돌아갔다. 아웃 카운트만 하나 더 올라가고 말았다.

투아웃!

운비가 들어설 차례였다. 스니커는 잠시 고민하는 눈빛이 역력했다. 운비를 빼고 대타를 넣을 것인가? 아니면 그대로 갈 것인가? 감독은 후자를 택했다. 오늘의 게임은 투수전이었다. 운비의 투구 수가 한계치에 이르렀지만 9회 말이기도 하니 한두 타자는 막을 만해 보였다.

메츠와의 기 싸움에서도 지고 싶지 않았고 투수치고는 타율도 괜찮은 운비였던 것이다.

"마음 놓고 한 방 갈겨봐."

감독의 격려를 등에 업은 운비가 타석에 들어섰다.

"우우우!"

메츠 관중석에서 야유가 나왔다. 삼구 삼진이란 외침도 들렸다 노아웃 3루의 위기를 투아웃 3루로 바꾼 신더가드. 믿음직스럽다. 지켜보는 메츠 팬들은 한결 여유가 있었다.

뻑!

운비에게 들어온 초구도 엄청난 패스트 볼이었다. 초구 스트라이크. 조금 더 여유로워진 신더가드, 2구도 초구 못지않은 패스트 볼을 뿜었다.

짝!

같은 구질임을 파악한 운비의 배트가 돌았다. 공은 3루수를 넘어 시원하게 날아갔지만 계속 밖으로 휘었다. 결국에는 3루 펜스 가까이에서 파울 존에 떨어지고 말았다. 선 안으로만 들어갔으면 최소한 2루타. 신더가드로서는 등골이 서늘할 수밖에 없었다.

이어 2개의 볼을 골라냈다. 운비가 가진 타조의 신성시력 덕분이었다.

스트라이크존에 들어오면 커트를 했고 그렇지 않으면 그냥 보냈다. 결국 볼넷을 얻어낸 운비였다.

투아웃 1, 3루.

운비 타석에서 종결될 줄 알았던 기회가 인시아테에게까지 넘어갔다.

쓰리런!

타석의 인시아테는 그 약속을 잊은 지 오래였다. 지금은 세 점이 아니라 오직 한 점이 필요한 시기. 하지만 필승의 에이스로 마운드에 선 신더가드는 필사적인 투구로 인시아테의 숨통을 조여 나갔다.

초구 볼 뒤에 연속으로 들어온 두 개의 스트라이크. 볼카운트 1-2가 되면서 인시아테도 심리적으로 쫓기게 되었다. 4구로 들어온 공은 겨우 커트를 해냈다. 방망이 끝에 살짝 닿았길래 망정이지 자칫 삼진으로 물러났을 판이었다.

5구!

운비를 슬쩍 견제한 신더가드. 여전히 부드러운 딜리버리로 공을 뿌렸다.

'싱커!'

운비는 그의 구종을 읽었다. 그렇다면 과연 인시아테는? 운비의 시선이 재빨리 인시아테에게로 향했다. 배트가 시원하게 돌고 있었다.

"……!"

운비의 눈이 확 맑아졌다. 그 궤적은 정확하게 싱커를 노린 궤적이었다.

짝!

방망이 소리와 함께 모두의 눈이 공으로 향했다. 공은 높이 높이 솟았다. 하도 높아 라이트 안으로 들어가 버렸다. 좌익수 세스페데스는 직감만으로 달렸다. 그러다 공이 그의 눈에 들어왔을 때, 세스페데스는 그 자리에 멈추고 말았다. 공의 방향은 스탠드 상단이었다.

홈런!

무려 쓰리런이었다.

"와아아!"

관중의 벌떼 함성과 함께 인시아테는 주먹을 불끈 쥐었다. 천천히 홈에 들어온 알비에스가 인시아테의 배트를 집어 들었다. 운비도 3루를 밟고 홈으로 들어왔다. 인시아테는 열광하는 브레이브스 팬들에게 손을 흔들어 보이며 홈으로 들어왔다.

"헤이, 황!"

인시아테가 소리쳤다.

"내가 지금 무슨 짓을 한 거야?"

"뭐긴요? 쓰리런 날린 거지."

"그렇지? 나 약속 지킨 거지?"

운비는 씨익 웃으며 엄지를 세워주었다. 인시아테가 달려와 배를 마주치는 세리머니를 하며 쓰리런의 감동을 즐겼다.

"야, 진짜… 나도 쓰리런 쳐야 하는데……."

다음 타자로 나갈 리베라의 행복한 푸념이었다. 리베라는 바뀐 투수를 상대로 2루타를 날렸다. 하지만 후속타가 이어지지 않으며 이닝이 종결되었다.

스코어 4 대 1.

스니커는 운비의 컨디션을 한 번 더 체크하고 완투를 작심했다.

"황!"

"황!"

브레이브스 팬들의 스탠드가 운비의 애칭으로 가득 찼다.

3점 차이. 그리고 마지막 9회 초. 하지만 메츠가 포기할 리 없었다. 그들의 타순도 4번부터였다. 윌리엄 세스페데스. 그 역시 대역전의 시작을 머리에 그리며 타석에 들어섰다.

하이 패스트 볼.

운비의 손가락은 글러브 안에 있었다. 그립을 쥐었다.

유종의 미.

그 단어를 생각했다. 적어도 8회까지, 하이 패스트 볼은 제대로 긁혔다. 하지만 이제는 타자들의 눈에 익었을 공. 운비의 손가락 볼륨이 살짝 옆으로 이동했다.

"와앗!"

신더가드처럼, 운비도 초구는 스피드 위주의 공을 뿌렸다.

빽!

157㎞/h을 찍었다. 신더가드를 따라할 생각은 없었다. 남은 힘을 다 쏟을 뿐이었다.

2구!

'커터.'

로커의 미트가 콜드 존으로 옮겨갔다. 몸 쪽 가장 높은 곳의 존. 거기가 바로 세스페데스의 아킬레스건이었다.

'좋죠.'

사인을 받은 운비가 2구를 날렸다.

짝!

배트가 돌았지만 공은 라인을 벗어났다.

공 대신 라인 안으로 들어온 건 세스페데스의 방망이였다. 3구는 벌컨 체인지업. 궤적이 괜찮았지만 세스페데스가 골라냈다.

4구.

위닝샷을 날려야 할 타임이었다. 공 하나쯤 더 유인구를 날릴 수도 있지만 시간을 끌어서 좋을 건 없었다.

'커터?'

로커의 사인이 왔다.

'아뇨.'

'그럼 체인지업 한 방 더?'

'아뇨.'

'그럼 하이 패스트 볼?'

'그게 좋겠어요.'

'으음……'

'……'

운비는 침묵으로 결정을 고수했다. 로커의 미트가 조금 올라갔다. 꽂아보라는 신호였다. 타자는 무엇을 기다리고 있을까? 운비는 커터가 무서운 루키로 소문나 있었다. 올 시즌 투구이닝으로 환산할 때 가장 많은 배트를 부러뜨린 운비였다. 삼진을 낚은 것도 부지기수. 볼카운트 또한 운비에게 유리했으니 세스페데스가 고려하지 않을 수 없는 구질이었다.

'레오……'

운비는 문득 불펜을 바라보았다. 몸을 푸는 존슨과 카브레라가 보였다. 레오는 다른 포수와 함께 그들의 공을 받아주고 있었다. 글러브 안에서 손가락이 움직였다. 그리고, 회심의 위닝샷이 날아갔다.

"와아앗!"

기합과 함께 손을 떠난 공. 세스페데스의 배트는 기다렸다는 듯이 돌았다.

짝!

타격음을 기대했던 세스페데스는 휘청, 바람만 가르며 배트를 돌렸다.

세스페데스!

그는 하이 패스트 볼을 기다리고 있었다. 빅 리그 밥을 한두 해 먹은 그가 아니었다. 커터가 좋은 루키이지만 승부처. 그렇다면 반전 카드를 날릴 가능성이 높다고 본 것이다. 그렇기에 애당초 하이 패스트 볼을 예측하고 가져간 스윙이었다.

그런데, 그런데도 공이 배트에 걸리지 않았다.

'RPM……'

세스페데스의 입에서 한숨이 밀려나왔다. 구종은 맞췄지만 RPM 1,500부터 2,800까지 가려서 뿌려대는 것까지는 예상치 못한 세스페데스였다.

'아!'

중계석의 한숨도 오랫동안 멈추지 않았다. 메츠 타선의 핵 세스페데스. 4 대 1로 몰린 9회 말이었다. 그렇다면 여기서 최소한 한 방이 나와야 했다. 지더라도, 그래야만 내일이 있는 까닭이었다.

"RPM에 당했군요."

해설자가 자료를 집어 들었다.

"얼마나 나왔습니까?"

"오늘 최고 회전수를 찍었습니다. 세스페데스를 잡으려고 힘을 비축하기라도 한 듯이……."

"2,800입니까?"

"2,880, 무려 2,880이군요."

"……!"

해설자의 말을 들은 캐스터는 입을 다물어버렸다.

2,500~2,600의 RPM은 종종 나왔다. 그 이상의 회전도 가끔은 나오는 빅 리그였다. 하지만 지금 이 공을 뿌린 투수는 루키였다. 그것도 종반 마지막 이닝인 9회 말. 그것도 빅 리그를 대표하는 타자의 하나인 세스페데스 타석이었다.

스탠드와 중계석에는 침묵과 경이로움이 교차했다.

그런데, 그다음 타자에게서 예기치 못한 일이 나오고 말았다.

초구로 날아가던 벌컨 체인지업이 손가락에서 조금 밀려 버린 것. 공은 타자의 무릎 보호대를 치고 말았다.

원아웃 1루.

찜찜한 출루를 허용한 운비였다. 어쩌면 한 게임을 치루는 동안 있을 수 있는 일. 그러나 세스페데스를 해치운 다음이라 마음에 걸렸다.

헤밍톤이 마운드로 올라왔다.

"완투?"

그가 웃으며 물었다.

"그만 쉴까요?"

"스니커는 그걸 추천하더군. 팬들로부터 자네 등골 빼먹는다는 비난이 거세다는 거야."

"등골까지는……."

"게다가 존슨과 카브레라도 공 좀 만져야 하고……."

"쉬죠."

운비가 공을 넘겼다. 뭔가 나쁜 조짐이 보일 때는 조심하는 것도 좋았다. 세스페데스를 잡았으니 큰 아쉬움도 없었다.

"최고였네!"

헤밍톤이 엄지를 세워 보였다. 운비는 가벼운 런닝으로 그라운드를 나왔다.

짝짝짝!

브레이스브 팬들이 일제히 기립해 새로운 에이스를 위해 박수를 쳐주었다. 어린아이들은 운비에게 두 손을 흔들기도 했다. 한 아이에게 다가가 안전망 사이로 손바닥을 마주 댔다. 아이가 좋아했다. 카메라가 따라와 그 장면을 잡았다. 나중에 지역 신문을 뜨겁게 달군 감동의 화면이었다.

"잘했어."

윌리 윤이 어깨를 쳐주었다. 다른 선수들도 모두, 운비의 호투를 높이 사주었다.

9회 말, 원아웃 1루.

브레이브스의 클로저 선택은 카브레라였다. 지금까지 하이 패스트 볼로 밀어붙인 운비였다. 그렇기에 더욱 빠른 공으로 분위기를 장악해 두 개 남은 아웃 카운트를 매조지하려는 스니커였다.

쾅!

카브레라의 초구는 스니커의 의도를 적나라하게 보여주었다. 무려 161㎞/h의 공이 꽂힌 것. 타석의 콘포르토는 꼼짝없이 스트라이크를 먹었다. 하지만 2구는 볼, 3구 역시 낮은 쪽 존에 걸쳤지만 주심이 고개를 저었다. 스트라이크로 생각했던 카브레라가 펄쩍 뛰었다. 원래도 다혈질인 그였으니 액션 또한 컸다. 주심은 카브레라에게 경고를 주었다.

'퍼킹!'

카브레라의 입에서 소리 없는 저주가 나왔다. 그게 문제였다. 흥분한 카브레라, 두 개 연속 볼을 뿌려 주자를 내보내고 말았다. 그 마지막 공 또한 카브레라에게는 아쉬운 볼 판정이었다. 중계화면으로 보면 완전한 스트라이크였던 것.

원아웃 1, 2루.

침묵하던 메츠의 스탠드가 웅성거리기 시작했다. 이어 들어온 로사리오 타석에서 날린 커브가 대참사를 빚고 말았다. 브레이크가 듣지 않으면서 포수 머리 위로 날아가 버린 것. 그 통에 주자들이 한 베이스씩 무료로 진출하는 특혜(?)를 입었다.

다행히 로사리오는 1루수 쪽 파울플라이로 물러섰다. 그건 알비에스의 호수비 덕분이었다. 1루수 프리먼이 더듬은 공을 바로 뒤에서 커버한 것. 투아웃이 되면서 카브레라도 숨을 돌리게 되었다.

'대타가 나올까?'

더그아웃의 운비가 메츠 쪽을 바라보았다. 그런 징후는 없었다. 방망이를 들고 나온 건 그렉 알론소. 마이너에서 올라온 선수였다.

"아, 카브레라가 진중하게 던져야 할 텐데⋯ 마이너에서 올라온 애들은 뜬금포를 펑펑 터뜨려서 말이야."

월리 윤도 걱정이 되는 모양이었다. 그도 그럴 것이 알론소의 체구는 리베라처럼 탱글거렸다. 카브레라의 속구라면, 제대로 맞으면 넘어갈 판이었다. 홈런이 나오면 4 대 4. 동점이 되면 분위기가 메츠 쪽으로 넘어갈 우려가 많았다.

"아, 씨⋯⋯."

초구가 들어오자 월리 윤이 탄식을 했다. 공이 너무 높았다. 2구는 로커가 간신히 잡아낼 정도로 옆으로 휘는 공이었다. 공을 잡은 로커가 진정하라는 사인을 보냈다.

볼카운트 2—0.

9회 말 투아웃에 2, 3루.

배트를 곧추세운 알론소가 카브레라를 쏘아보았다. 그 눈빛을 향해 카브레라의 패스트 볼이 날아갔다.

"짝!"

알론소의 배트가 돌았다. 불리한 볼카운트 때문에 스피드가 떨어진 공이었다. 카운트를 잡아야 하는 까닭에 가운데로 몰려 들어갔다.

"아!"

타격음과 함께 캐스터와 해설자가 벌떡 일어섰다. 메츠의 팬들도 상당수 일어섰다. 공은 우측 펜스를 향해 쭉쭉 날아갔다.

"아, 넘어갑니다, 넘어갑니다!"

해설자가 비명을 질러댔다. 공은 펜스 위에 있었다. 누가 봐도 살짝 넘어가는 공이었다. 하지만, 거기 리베라의 글러브가 있었다. 메츠의 콘포르토가 그랬듯, 리베라도 초인적인 도약으로 글러브를 뻗었다.

"악!"

다시 해설자의 비명과 함께 공은 글러브 끝에 걸리고 말았다.

"홈……!"

홈런. 그 두 글자 중에 한 글자밖에 발음하지 못한 해설자. 수직으로 쓰러지는 리베라를 바라보며 입술도, 눈도 떼지 못했다. 중견수 인시아테가 리베라를 향해 달렸다. 리베라는 비틀거리면서도 글러브를 들어보였다. 거기 있었다. 쓰리런 홈런이 되었을 알론소가 친 공. 위태롭게 리베라의 글러브 끝에 걸려 하얗게 빛나고 있었다.

"아웃!"

심판의 콜과 함께 브레이브스의 선수들이 더그아웃에서 뛰쳐나갔다. 운비도 뛰었다. 선수들은 목표는 리베라였다. 인시아테의 부축을 받으며 일어난 리베라가 팬들을 향해 손을 들어보였다. 이상이 없다는 신호였다.

"와아아!"

관중석의 환호와 함께 선수들이 리베라에게 날아들었다. 스완슨도 그랬고, 켐프로 그랬고, 프리먼도 그랬다. 운비와 토모 등은 맨 나중에 날아들었다.

"캑캑, 야, 황!"

슈퍼 디펜시브 런 세이브를 기록한 리베라가 소리쳤다.

"땡큐, 진짜 멋진 플레이였다."

"그게 아니고… 켁."

"응?"

"나도 쓰리런 친 거다. 그렇지?"

"오케이, 인정!"

"그럼 다들 좀 비키라고. 펜스에서 떨어질 때보다 더 아프네!"

바닥의 리베라가 빼액 소리를 질렀다.

"와아아!"

리베라가 일어서자 한 번 더 기립박수가 쏟아졌다. 이날의 주인공은 운비와 리베라였다. 둘은 리사의 인터뷰 카메라를 피할 수 없었다.

"리베라, 다치지는 않았나요?"

리사가 마이크를 들이댔다.

"아직까지는… 일단 검사를 받아봐야겠죠."

"올해 빅 리그 최고의 디펜시브 런 세이브라는 말이 나올 정도였습니다. 점프할 때 두렵지는 않았습니까?"

"두렵기보다는 이 공 못 잡으면 쪽 팔린다는 생각은 들더군요."

"쪽 팔리다고요?"

"오늘 황에게 약속을 했거든요. 한 세 점 정도는 내주겠다고요."

"4점을 냈지 않습니까?"

"하지만 제 타점은 없었죠."

"그러니까 황과의 약속을 지키기 위해?"

"그 공 캐치했으니 세 점 낸 거나 마찬가지죠?"

"당연하죠. 어쩌면 그 이상의 가치라고 봅니다. 그거 넘어갔으면 메츠의 분위기가 될 수도 있었거든요."

"들었냐? 황. 세 점 이상이란다."

리베라가 운비를 바라보며 웃었다.

"황이야 말로 간담이 쫄깃했겠네요? 넘어갔으면 승이 날아갈 판이었는데……."

리사의 시선이 운비에게 향했다.

"제 승이 날아가는 건 상관없지만 팀이 승을 챙길 수 있어 다행입니다."

"오늘 정말 대단한 역투였습니다. 토마스 가렛도 찔끔했을 겁니다."

"그를 의식하지는 않았습니다. 제 공을 던질 뿐이죠."

"오늘은 특별히 하이 패스트 볼 비율이 많았는데 투구 패턴이 바뀌는 겁니까?"

"그렇지는 않습니다. 기분에 따라 잘 듣는 공이 있는데 오늘이 바로 하이 패스트 볼 데이였다고나 할까요?"

"오늘 승리의 기쁨, 누구에게 전하고 싶나요?"

"우선은 이 친구죠."

운비가 리베라의 목을 감아쥐었다.

"슈퍼 디펜시브 런 세이브니까 당연하군요."

"아뇨. 자기 안 챙겨주면 삐질까 봐 그렇습니다."

"립 서비스군요. 다음은요?"

"다음은 불펜에서 저를 도와주는 레오에게 이 기쁨을 돌립니다. 오늘도 그의 조언이 최고였거든요."

"팀 내 화합에도 큰 역할을 한다더니 불펜 포수까지 배려하는 모습이 보기 좋습니다."

"고맙습니다."

"두 선수, 브레이브스가 자랑하는, BFP 시스템의 보물 같은 존재들이죠. 매년 두 선수 수준의 선수가 나와준다면 몇 년 후의 브레이브스는 빅 리그 최상의 구단이 될 것 같다는 예감이 듭니다."

"올해 땀 흘리는 선수들은 저희보다 나을 겁니다. 저희가 길 쫙 닦아놓고 왔으니까요."

리베라의 유머는 여기서도 빛을 발했다.

"아무튼 오늘 브레이브스 팬들은 최고 수준의 경기를 선물받았습니다. 마운드에서는 빅 리그 투수 누구에게도 뒤지지 않는 루키 에이스 황, 수비에서는 슈퍼 디펜시브 세이브를 기록한 리베라, 나아가 타석에서는 결정적인 클러치 능력을 보여준 인시아테까지……."

리사는 운비와 리베라 사이에서 포즈를 취하며 마무리 멘트를 날렸다.

"오늘 최고 수준의 플레이를 보여준 두 선수 사이에서 리사였습니다."

리사의 인터뷰는 시쳇말로 시작에 불과했다. MLB 쪽과 USBA 투데이, ESBN 등 수 많은 매체들이 운비에게 몰려든 것이다.

7승 2패.

운비는 몰랐지만 오늘 올린 승 추가로 인해 지각변동이 있었다. 내셔널 리그 다승 5위에 랭크가 된 것이다. 그 기록은 빅 리그 전체를 합쳐도 11위에 달하는 어마어마한 기록이었다. 언론들의 관심은 '신인왕'이었다. 아직 전반기가 끝나기 전. 그러나 내셔널 리그 쪽에서는 운비와 리베라를 빼고 신인왕을 거론하기 어려울 정도로 호투하는 운비였다.

"신인왕 자신 있습니까?"

ESBN의 기자가 돌직구를 날려왔다.

"주면 받고 싶습니다."

운비는 감정을 숨기지 않았다. 욕심이 아니라 목표를 향해 가고 싶을 뿐이었다. 취재의 마지막은 차혁래였다.

"이 선수가 바로 우리 코리아 출신의 투수 황운비입니다."

한국 팬을 향한 차혁래의 첫 멘트였다.

"기억하십니까? 아시안 게임에서 샛별처럼 반짝이던 고교생 투수 황운비. 나가는 국제대회마다 조국에 금메달을 안겨주던 황운비. 그 황 선수가 이제는 빅 리그를 강타하고 있습니다. 빅 리그의 최고 투수들과 비교해도 각종 기록과 지표에서 전혀 밀리지 않는 황운비 선수입니다. 브레이브스는 그 지난해 최고의 선수를 최저의 값으로 확보한 겁니다."

차혁래의 한마디, 한마디에는 애정과 자부심이 가득했다.

"늘 열심히 할 뿐입니다. 팬 여러분 사랑해요."

마지막 멘트는 의례적이지만 팬들에게는 전혀 의례적으로 들리지 않았다.

—으아, 저 머찐 넘, 니가 갑이다.

—신인왕이 보인다. 신인왕 먹자.

—한국 야구의 보물. 누구도 범접치 못할 포스와 아우라의 황운비, 흥해라.

—레알 이닝 이터, 브레이브스의 에이스는 황운비다.

—이닝, 평균 자책점, 탈삼진. …캐진심 ㅎㄷㄷ.

—운비는 내꼬얌.

그날 밤 인터넷에 올라온 댓글들이었다. 이따금 보이는 마지막 댓글. 운비는 오늘도 여지없이 그 댓글에서 무너졌다.

푸하하핫!

배꼽을 잡고 뒹굴면서.

3. 빅 매치

1차전.

기분 좋게 잡았다. 더구나 상대 에이스와 맞불을 놓은 브레이브스였다. 거기서 운비가 승을 챙김으로써 기선을 잡은 것이다. 운비는 이로 인해 MLB의 관심을 더 받게 되었고 신인왕 경쟁에서도 스포트라이트를 받았다.

물론 또 받은 게 있었다.

도핑테스트!

지난 4월에 이어 두 번째였다. 토모나 블레어는 아직 한 번도 받지 않은 상황. 조금 기분이 나쁜 측면도 있지만 해피하게 받아들였다.

메이저리그에서 도핑테스트는 주로 두 가지 측면에서 실시한다. 하나는 무작위 랜덤이고 또 하나는 유의할 선수이다. 여기서 말하는 유의할 선수란, 당연히 성적이 좋은 선수를 뜻한다. 그러니 나쁘게 볼 일도 아니었다. 결과는 당연히 문제가 없을 일이다. 운비는 먹고 마시는 것에서도 '루틴'을 잘 따르고 있었고, 스테미너식으로 먹는 밀웜 또한 미리 검증을 받은 바였다.

2차전은 토모와 에릭 그셀먼이 충돌했다. 이 경기는 3회 안에 결정이 났다. 브레이브스의 1, 2, 3, 4번이 모처럼 돌아가며 안타를 몰아친 것이다. 1회에 3점, 3회에 3점. 6점을 찍으며 스코어를 6 대 1로 벌렸다. 토모는 7회 원아웃까지 3점을 주고 마운드를 불펜에 넘겼다. 브레이브스가 두 점을 더 추가해 8 대 3의 스코어였다.

불펜은 한 점을 주며 토모에게 승을 안겼다. 다행스러운 건 존슨이 등판하지 않았다는 것. 점수 차가 큰 것도 있었지만 내일을 위한 비축이기도 했다.

3차전.

양 팀에게는 명암이 명쾌했다. 브레이브스는 한결 여유가 있었다. 일단 어제까지의 결과만 해도 위닝시리즈였다. 오늘 이기면 더할 나위 없이 좋고, 진다고 해도 울 이유가 없었다.

상대방 메츠는 그렇지 않았다. 루징시리즈야 어쩔 수 없다고 쳐도 스윕까지는 곤란했다. 여기서 지면 4위가 될 예정이었다. 어제까지의 말린스 경기 결과가 그랬다.

4위!

주루와 수비가 아킬레스건이었지만 그래도 선발과 불펜은 A급으로 평가 받은 메츠였다. 신더가드와 디그롬이 이루는 원투펀치와, 세스페데스, 그렌더슨, 브루스로 이어지는 외야 수비는 명품수비로까지도 불렸던 메츠의 자랑. 그런데 그 아귀가 제대로 들어맞지 않은 것이다.

어떻게 보면 총체적 난국이었다. 타격이 살아나면 투수들이 경기를 말아먹었고, 투수들이 호투하면 타격 지원이 따르지 않았다. 그게 차곡차곡 쌓이면서 이런 비극에 직면한 메츠였다.

'오늘은!'

메츠 감독은 눈빛을 세웠다. 홈구장이었다. 더구나 상대는 작년 지구 꼴찌의 브레이브스. 자존심으로 보아도 스윕은 허락되지 않았다.

메츠의 선수들 역시 독기를 품고 나왔다. 하지만 경기는 독기만으로 좌우되지 않는다. 메츠가 그랬다. 오늘 브레이브스의 선발은 비교적 약하다고 볼 수 있는 블레어. 그러나 그건, 단지 선발 줄 세우기 상의 문제였다. 팀 분위기가 좋을 때는 허접한 선수의 능력도 함께 오르는 게 당연지사기 때문이었다.

블레어는 이날 4회까지 12명의 메츠 타자를 맞아 노히트 노런을 펼쳤다. 볼넷 하나를 제외하고는 단 한 명의 타자도 내보내지 않은 것이다. 반면 브레이브스는 리베라와 스완슨이 타점 하나씩, 켐프와 다노가 솔로 홈런 한 방씩을 날리며 점수를 적립해 나갔다. 타격 지원이 쏠쏠했던 것이다.

8회, 메츠가 힘을 냈다. 세스페데스의 3루타에 이어 콘포르토의 투런 홈런이 나왔지만 대세는 뒤집어지지 않았다. 마침내 9회, 브레이브스는 존슨을 내세웠다. 존슨은 첫 타자에게 단타를 맞았지만 아웃 카운트 세 개를 야무지게 챙겼다. 마지막 카운트는 리베라 앞으로 가는 평범한 플라이였다.

"아, 메츠……."

생각도 싫었던 스윕이었다. 캐스터의 목소리는 남극 빙산이 녹아내리듯 허무하게 들렸다.

"축하!"

운비가 블레어를 향해 손을 내밀었다. 운비와 토모, 그리고 블레어. 신예 3인방이 메츠의 막강 선발진을 맞아 퍼펙트한 활약을 펼친 3연전이었다.

브레이브스는 기분 좋게 가방을 쌌다. 이제, 내일부터는 홈에서 내셔널스와 3연전이었다. 메츠와의 3연전 승리에 취할 겨를이 없었다. 브레이브스의 지구 라이벌은 내셔널스. 진정한 강자가 되기 위해서는 내셔널스를 제압해야 했다.

'적어도 위닝시리즈!'

선수들은 의지를 불태우며 전용 비행기 트랩에 올랐다.

"어때?"

다음 날 아침, 스칼렛이 물었다. 그의 아담한 저택이었다. 식탁에는 치킨 스튜가 모락모락 김을 내고 있었다. 운비를 위해 특별히 인삼까지 넣은 요리였다. 운비를 위해, 한국식으로 익혀낸 것이다.

"맛없어요. 열라 쓰고……."

운비가 고개를 저었다.

"원래 몸에 좋은 건 맛이 없는 법이지. 한국 속담!"

"스칼렛에게는 못 당한다니까요."

운비가 어깨를 으쓱해 보였다.

"윤서는 언제 오지?"

"내일이라도 오고 싶은 모양인데 올스타 브레이크 기간에 제가 갈 일이 생겨서 그때 같이 들어오기로 했어요."

"CF?"

"네."

운비가 대답했다. 운비에게 들어온 두 개의 광고 촬영이 예정된 것이다. 하나는 미국에서 진행해도 된다고 했지만 겸사 겸사 고국에 가고 싶은 운비였다. 그렇다고 뭐 향수병 같은 건 아니었다. 한국에 여자 친구가 있는 것도 아니었다.

물론 바쁜 일정을 각오해야 했다. 그래봤자 일주일도 안 되는 기간이기 때문이었다.

"흐음, 나도 묻어갈까?"

"흐음, 그 말은 인시아테도 하던데……."

"그 친구야 속셈이 있는 거고……."

"스칼렛은요?"

"나도 알고 보면 절반은 한국인이잖아? 한국말로 어장 관리도 해야 하고……."

"풋!"

스튜를 먹던 운비가 파편을 뿜었다.

"죄송합니다."

"왜? 늙으면 어장 관리하면 안 되나?"

"그건 아니지만… 스칼렛이 한국에 숨겨둔 여자라도 있다는 건가요?"

"한둘이 아니지. 지금은 다 추억이 되었지만."

"흐음… 알고 보니 바람둥이?"

"흐음… 알고 보니 장학금을 준 소녀들이거든."

"예?"

"황도 광고 들어온 돈을 희사하기로 했다며?"

"스칼렛."

"나도 한국에서 번 돈의 20% 정도는 어려운 소녀들 장학금으로 떼어주었지. 예전에는 한국이 가난해서 숫자가 꽤 되었는데 이제는 한 명 돕기도 벅차. 한국이 비약적으로 발전했지."

"스칼렛……."

"같이 간다는 건 농담이고… 지금이야 전화로도 서로를 볼 수 있는 세상이니……."

"스칼렛은 볼수록 매력적인 분 같아요."

"황이 그렇다니까."

"스칼렛!"

"모레 등판인가?"

"예……."

"내셔널스가 7연승을 올리고 왔던데?"

"굉장하죠?"

"내셔널스가 43승 20패. 브레이브스가 41승 22패……."

"이번에 스윕하면 우리가 지구 1위가 되지요."

"희망적이군."

"왜요? 부정적이세요?"

"테헤란은 괜찮지만 노장들이 골골거린다는 말이 있어서…

이런 게 좋지 않은 전조거든."

"딕키의 컨디션이 안 좋으면 크린트가 등판할 수도 있다고 했어요."

"그렇다면 내일이 진짜 승부처가 되겠군."

"그럴 수도 있겠네요."

"자, 그럼 많이 드시지요? 마무리 3차전에 나설 귀한 몸이시니."

"스칼렛."

"응?"

"고마워요."

"뭐가?"

"제게 이런 기회를 주셔서요."

"그 말은 내가 해야지. 황은 내가 아니었어도 빅 리그에 왔을 테니까."

"하지만 이렇게 재미나게 야구를 하지는 못했을 거예요. 젊은 팀이라 서로 통하는 사람도 많고요. 내가 좋아하던 양키스에 갔더라도 이렇게 재미나지는 않았을 거 같아요."

"나는 늙어서 안 통하나?"

"최고로 통하죠."

운비가 엄지를 세워 보였다. 그건 스칼렛에게 바치는 진심이었다.

"칭찬 따위는 바라지 않고… 내가 바라는 건 단 하나라네."

"부상 없이 시즌을 마치고, 내년 시즌에도 펄펄 나는 것."

"바로 그거야."

"가능하면 신인왕도 먹고."

"한국말로 금상첨화지."

"욕심이……."

"……."

"저랑 똑같으시네요."

"그렇지?"

호응하는 스칼렛의 미소는 스튜의 국물처럼 진했다.

*　　　　　　　*　　　　　　　*

7연승!

환상적이다.

내셔널스는 8연승을 꿈꾸고 있었다. 아니 어쩌면 스윕으로 10연승을 채우고 싶을 지도 몰랐다. 내셔널스에게는 그만한 저력이 있었다. 리그 최정상권의 선발진. 거기에 더해 전체 스탯이 비교적 잘 맞물려 돌아갔다.

클로저 부분에서 아쉬움이 있다지만 그 또한 글로버와 트레이넨, 블랜튼 등이 제 몫을 하며 뒷문 단속을 해주었다. 한

마디로 현재까지는 하퍼와 스트라스버그, 슈허저 등의 투타의
핵이 조화를 이루며 쾌속 항진……

선발투수는 진작에 예고가 되었다.

1차전 테헤란 VS 스트라스버그.
2차전 크린트 VS 제레미.
3차전 황운비 VS 슈허저.

운비는 일찌감치 불펜으로 나갔다. 출전하는 날이 아니지
만 테헤란의 몸풀기를 도왔다. 동시에 그의 루틴도 지켜보았
다. 투수는 자신만의 오리지널이 있다. 인간의 육체는 섬세해
서 각각의 신체가 다 다른 까닭이었다. 테헤란 역시 한 팀의
기둥답게 듬직해 보였다.

"오늘 좋아!"

레오는 테헤란의 기분을 업 시키고 있었다. 그만의 장점이
다. 작은 장점도 그의 입을 통하면 커다랗게 변한다. 토스가
끝나갈 무렵, 플라워스가 도착했다. 그가 테헤란의 공을 받기
시작했다.

뻥! 뻥!

미트질이 다르다. 레오에게는 없는 게 플라워스에게는 있었
다. 그는 테헤란의 구질을 확인하고 예열을 끝냈다. 곧 이어

배터리 미팅이 이루어졌다. 여기는 운비와 크린트도 참석을 했다. 오늘 등판할 건 아니지만 최근 내셔널스의 추세와 선수 컨디션 등을 체크해야 하는 까닭이었다.

내셔널스 봉쇄의 관건은 역시 하퍼였다. 크리스 하퍼를 막지 못하면 매 경기가 어려울 수 있었다. 거기에 머피와 이튼, 터너도 경계 대상. 최근에는 유틸리티맨으로 구멍을 메우는 앤소니 드류에 더해, 절대 부활의 신호를 내고 있는 짐머만이 가장 강력한 견제 대상이었다.

그렇다고 쫄지는 않았다. 내셔널스도 안 맞을 때는 안 맞는다. 브레이브스로서는 그 안 맞는 분위기를 끌어내야 했다.

"그럼 요리를 시작해 볼까?"

투수 코치 헤밍톤이 웃었다.

"칼질은 시원하게 해드리죠."

테헤란이 화답했다. 홈경기다운 여유가 넘쳤다.

그런데 재미난 건 홈경기라고 선수들이 여유로운 건 아니었다. 어떤 선수는 오히려 홈에서 더 피로를 호소하고 고전한다. 주로 기혼자들이 그랬다. 그 이유는 가족과 친지들 등등의 주변환경이었다. 그들은 홈에 돌아오면 할 일이 많았다. 아이가 있다면 아이와 놀아주어야 했고, 가족들과 외식도 해야 했다. 챙겨야 할 일이 많다 보니 오히려 더 피로해지는 것. 거기에 시차 적응까지 해야 하니…….

"아, 황!"

미팅 장소를 나가는 운비를 헤밍톤이 불렀다.

"네?"

"모레 등판 때 말이야, 반가운 손님이 올 걸세."

"손님이라고요?"

"보젤과 메켄지!"

"예? 정말요?"

운비의 눈이 휘둥그레졌다. 보젤과 메켄지라면 BFP 시스템을 이끄는 코치들이다. 운비에게는 스승과도 같은…….

"케빈은요?"

"케빈대신 라빈스가 올 거야."

"라빈스?"

"타자 유망주가 마땅치 않아서 포수 양성 쪽으로 선회를 했거든. 라빈스는 배터리 코치라네."

"아!"

"뭐 맺힌 게 있거든 마구 무시를 때려주라고. 황은 그래도 될 위치에 있으니까."

"그 말은 꼭 전해 드리죠."

운비는 웃으며 회의장을 나섰다.

보젤과 메켄지…….

둘을 본 지도 몇 달이 지났다. 스프링캠프와 25인 로스터

합류를 놓고 함께 고민해 주던 두 사람… 7승 투수로 맞이하게 되어 다행이었다.

"헤이, 테헤란!"

경기가 시작되기 전 인시아테의 필승 의식이 시작되었다. 말린 리크 줄기로 테헤란의 어깨를 툭툭 치며 주술적인 축복을 빌어준 것이다.

"오늘 완봉하면 내 덕으로 알라고."

인시아테는 신전의 제사장처럼 근엄하게 말했다.

하지만 결과는 반대로 나타났다. 테헤란과 맞붙은 스트라스버그, 1회는 각각 3자 범퇴로 출발이 좋았다. 하지만 2회부터 불꽃 방망이에 허덕이기 시작했다. 두 팀은 6회까지 거의 매회 점수를 주고받으며 화끈한 화력전을 펼쳤다.

에이스들의 수난이었다. 테헤란은 하퍼와 짐머만을 막지 못했다. 4할대를 치는 불방망이 하퍼는 그럭저럭 잡았지만 클러치 능력이 점점 좋아지는 짐머만에게는 좌전 안타에 더해 솔로 홈런까지 맞았다. 스트라스버그 역시 스완슨와 리베라, 프리먼 등에게 장타를 허용했다.

6 대 6.

7회가 끝났을 때 전광판의 점수는 사이가 좋았다. 테헤란과 스트라스버그는 나란히 강판된 후였다. 이제는 불펜 싸움이었다. 양 팀은 뚝심으로 맞섰다.

브레이브스는 카브레라를 내세웠다. 첫 타자 머피를 외야 플라이로 잡은 카브레라. 제구가 제대로 되며 렌던을 삼진으로 눌렀다. 이어진 워스에게 2루수를 오버하는 안타를 허용했지만 워터스를 3루수 땅볼로 잡으며 8회 초를 막았다.

8회 말, 블랜튼 역시 브레이브스의 타자들을 잘 요리했다. 알비에스와 다노를 연속 땅볼로 제압했다.

투아웃.

거기서 플라워스가 타석에 들어섰다. 앞선 세 타석에서 삼진과 땅볼, 외야 플라이로 물러났던 플라워스. 초구와 2구를 모두 헛스윙으로 장식함으로써 득점의 기대는 살포시 내려앉고 있었다.

그때, 승리의 여신이 브레이브스 쪽으로 윙크를 보냈다. 잠시 방망이를 조율하고 들어선 플라워스. 타자를 헐렁하게 본 블랜튼의 가운데 패스트 볼을 그대로 받아쳤다.

짝!

타격 순간, 팬들은 물론 해설진까지 외야 높은 플라이를 예상했다. 조명탑의 불빛 속으로 들어간 공은 한없이 높았다. 우익수 하퍼는 펜스를 등지고 공을 기다렸다. 그러다, 그 공이 시야에 들어왔을 때, 내셔널스 하퍼의 눈가에 아득한 좌절감이 스쳐갔다.

"……!"

아아…….

하퍼의 입에서 탄식이 새어 나왔다.

공이 생각보다 멀었다. 그제야 돌아섰지만 이미 늦은 후였다. 플라워스의 공은 아스라이 펜스를 넘어가고 말았다.

"와아아!"

홈 팬들이 해일처럼 일어섰다. 플라워스는 그때까지도 어안이 벙벙한 표정이었다. 우익수에게 잡힐 줄 알았던 공이 홈런이 된 것. 때마침 불어준 바람의 힘이었다.

"와우!"

포효를 작렬한 플라워스가 다이아몬드를 돌기 시작했다. 그가 두 발로 껑충 뛰어 홈 플레이트를 밟자 전광판에 1이 새겨졌다.

7 대 6.

브레이브스가 재역전에 성공하는 순간이었다.

9회 초.

존슨이 마운드로 걸어나왔다. 시즌 17세이브를 달성한 존슨. 또 하나의 세이브를 올릴 수 있는 기회였다. 하지만 오늘은 내셔널스의 방망이도 뜨겁게 달아 있는 상태. 그래서 다른 날보다 신중한 존슨이었다. 내셔널스는 투수 타석에서 대타를 냈다. 좌익수를 보는 웨쓰가 들어섰다.

"초구 뭐 던질까?"

토모가 운비에게 물었다.

"커브요."

"싱커가 아니고?"

"내 생각은 그래요."

"그럼 내기? 나는 싱커. 존슨의 전매특허니까."

"좋죠. 내기 콜."

운비가 콜을 받았다.

로진백을 문지른 존슨이 홈 플레이트를 바라보며 시선을 세웠다. 올 해의 존슨. 든든한 클로저다. 주 무기는 싱커와 커브. 천천히 와인드업을 한 그의 손에서 1구가 떠났다.

뻑!

소리와 함께 공이 미트에 들어갔다.

"어!"

토모가 눈살을 찡그렸다. 운비의 예상이 맞은 것이다.

"2구 내기도 할까요?"

이번에는 운비가 역제의를 날렸다.

"2구야 당연히 싱커겠지."

"커브!"

운비의 배팅은 처음과 같았다.

"황!"

"그냥 그런 예감이 들어서요. 방금 그 커브, 기가 막히게 휘었잖아요? 그런 날은 또 하나가 땡기게 마련이죠."

"그래도 이번에는 내가 이길 거야."

토모와 운비는 나란히 마운드를 바라보았다. 거기 우뚝 선 존슨. 바람처럼 2구를 뿌렸다.

부욱!

타자의 배트가 돌았다.

짝!

공 맞는 소리는 불협화음이었다. 공의 아랫부분을 후려친 것. 공은 유격수 머리 위로 떠올랐다.

"으아, 또 커브였네."

토모가 고개를 저었다. 운비의 승이었다. 물론 운비의 예상 또한 그냥 감이었다. 하지만 그 '감'에는 분석이 있었다. 존슨은 대개 싱커로 승부를 본다. 커브는 카운트를 잡거나 타자를 교란할 때 사용한다. 그렇다면 상대는 싱커에 방점을 둘 일이었다. 그 허를 찌르며 두 개의 커브를 연속으로 날렸다. 특히 두 번째 것은 구속을 낮추며 변화 폭에 중점을 주었다. 타자는 더그아웃에서 경기를 지켜보다 출장한 선수. 점수는 동점. 한 방의 절실함이 큰 것을 알고 만만해 보이는 공으로 유인을 한 것이다.

존슨은 원아웃 이상의 소득을 얻었다. 두 개 연속 들어온 커브. 남은 타자들은 존슨과의 머리 싸움이 복잡해질 수밖에 없었다.

그런데. 존슨은 확실히 운비보다도 한 수 위에 있었다. 다음 타자 짐머만에게 던진 초구 때문이었다. 그건 평소 많이 쓰지 않던 체인지업이었다.

"……?"

최근 타격 활황세로 3할을 가뜬히 넘기고 있는 짐머만. 고개를 갸웃하고는 배트를 조준했다. 그 역시 싱커를 의식했지만 이어진 공은 커브와 패스트 볼이었다.

"존슨, 오늘은 싱커를 구사하지 않고 있습니다."

중계진들도 고개를 갸웃거렸다. 그때서야 존슨의 싱커가 빛을 발했다. 볼카운트 2—2에서 들어간 게 바로 싱커였다. 그 공은 타자 앞에서 출렁, 폭포처럼 가라앉았다. 오늘 멀티 히트에 빛나는 짐머만도 헛스윙으로 물러서고 말았다.

투아웃!

존슨은 차분하게 모자를 고쳐 썼다. 이제 타석에는 이튼이 들어와 있었다.

이튼!

화이트 삭스에서 데려온 빅 리그 정상급의 리드오프. 오늘도 2루타 하나를 작렬한 선수였다. 좌타석의 그는 찰고무처럼 당차게 보였다.

"이번 초구도 커브?"

더그아웃의 토모가 또 물었다.

"예!"

"이번은 아닐걸?"

"또 내기요?"

"해보자고."

토모의 말과 함께 존슨의 초구가 미트로 날아갔다. 이톤은 구종을 바라볼 뿐 반응하지 않았다. 커브였다.

"으아, 황, 이제 보니 귀신이잖아?"

토모가 진저리를 쳤다.

'2구는 싱커. 3구도 싱커……'

운비는 존슨에게 꽂힌 눈을 떼지 않았다. 2구는 정말 싱커가 꽂혔다. 그리고, 3구도 싱커가 들어왔다. 이톤의 방망이가 나갔지만 헛스윙이 되었다. 볼카운트 1—2. 가볍게 숨을 고른 존슨의 4구가 날아갔다. 그 공은 체인지업이었다.

부욱!

이톤은 독수리의 눈빛으로 스윙을 했다. 하지만 공은 예상된 접점보다 더 낮은 곳으로 떨어졌다.

"스뚜아웃!"

주심의 액션이 저 홀로 춤을 췄다. 존슨의 승. 허를 찌르는 공 배합으로 뒷문을 잠근 그가 세이브를 챙기는 순간이었다.

─내셔널스 43승 21패.

―브레이브스 42승 22패.

이제 지구 1위와의 승차는 고작 한 뼘 차이였다. 딱 한 뼘 차이.

2차전은 타격의 점입가경이었다. 초반은 완전하게 내셔널스의 페이스였다. 1회부터 크린트를 난타한 내셔널스. 4회가 끝났을 때 벌써 9 대 2로 달아나 있었다. 크린트는 3회 초에 강판된 상태. 오늘 경기는 아무래도 힘들어 보였다.

그런데 5회 말에 변화가 생겼다. 나름 호투하던 제레미가 난조를 보이며 투아웃 1, 2루를 만들어준 것. 그때 나온 리베라가 싹쓸이 2루타를 작렬시키며 클러치 능력을 과시했다. 흔들린 제레미는 스완슨에게도 볼넷을 내주며 강판이 되었다.

투아웃에 1, 2루.

스코어는 9 대 4.

아직은 멀어보였지만 프리먼이 그 거리를 더 당겨놓았다. 바뀐 투수의 초구를 받아쳐 쓰리런 홈런을 날려 버린 것. 3점이 들어오자 내셔널스는 순식간에 사정권이 되었다.

"보십시오, 이것이 브레이브스의 저력입니다. 쓰리런, 쓰리런입니다."

장내 중계석의 해설자는 몇 번이고 같은 말을 되풀이해 댔다.

6회와 7회를 소강 상태로 보낸 브레이브스. 8회에 다시 찬스를 잡았다. 이번에는 스완슨이 선봉이었다. 원아웃 1, 3루에서 좌중간을 통렬하게 가르는 2루타를 작렬시킨 것.

"와아아!"

브레이브스 홈 팬들은 좋아 어쩔 줄을 몰랐다. 마침내 동점을 이룬 것이다. 동점… 무려 7점이나 뒤지던 경기를 원점으로 돌린 브레이브스였다. 거기서 끝나지 않았다. 켐프가 적시타를 날려 끝내 대역전을 일구어내고 말았다.

"아아, 켐프… 여기서 결정적인 한 방을 날려줍니다. 켐프… 켐프……."

캐스터의 목소리는 지칠 줄 몰랐다.

9회 초, 내셔널스는 저력을 발휘해 다시 동점으로 균형을 맞춰놓았다. 3루수 에러로 나간 주자를 2루에 진루시킨 뒤, 우전 적시타로 한 점을 추가한 것. 이틀 연속 클로저로 나온 존슨. 예리한 커브를 던졌지만 타구의 코스가 너무나 좋았다.

하지만 브레이브스 전사들은 물러나지 않았다. 원아웃 이후에 나온 알비에스, 글로버와 9구까지 가는 실랑이 끝에 볼넷을 얻었다. 거기서 스니커가 승부를 걸었다. 다노에게 스퀴즈 자세 페이크를 지시하고 초구 도루를 감행시킨 것. 포수의 공이 날아왔지만 알비에스의 슬라이딩이 기가 막혔다.

원아웃 2루.

3구를 노린 다노의 배트가 돌았다. 유격수 쪽이었다. 내셔널스의 터너는 타격음을 듣는 순간 동물적 감각으로 몸을 날렸다. 하지만 공 반 개가 모자랐다. 공은 글러브 끝을 치고 유격수를 빠져나갔다.

"와아아!"

홈 팬들이 미친 듯이 뛰었다. 알비에스가 또 한 번의 슬라이딩으로 홈 플레이트를 밟은 것이다. 내셔널스의 감독 론디 베이커는 주먹으로 허공을 후려쳤다. 다 잡은 게임을 놓친 데 대한 아쉬움이었다.

〈기적의 대역전〉
〈브레이브스 지구 1위 등극〉
〈브레이브스 전사들은 날마다 새로운 역사를 쓴다〉

지역 언론들은 난리가 났다. 브레이브스가 내셔널스와 공동 1위에 등극한 것이다.

지구 1위…….

이게 얼마만이던가? 초반 질주와는 분위기가 달랐다. 초반 서너 게임으로 1위가 되는 수도 있었다. 하지만 지금은 벌써 65게임을 치른 상황. 이제는 더 이상 우연이 아니라는 얘기였다.

포커스는 또다시 운비에게 쏠렸다.

공동 1위.

내일 패하면 1일 천하가 된다. 하지만 내일 이기면 단독 1위가 되는 것이다.

<뉴 에이스 황의 등판>
<전문가들 6 대 4로 황의 우세 점쳐>

과도한 기대가 쏟아지는 가운데 운비는 단장 하트를 만나고 있었다.

"이어, 황!"

하트는 주특기인 오버 액션으로 운비를 환대했다. 단장의 사무실이었다.

"방송 봤나? 지역 언론도 난리들이더군."

단장이 신문을 흔들어댔다.

"예……."

"자네가 우리 팀 보물이야. 10승이 코앞이잖나?"

"아직 7승입니다."

"애로점은?"

"없습니다."

"없긴… 타선 지원이 좀 빈약하긴 하지. 황이 등판할 때 주로 그랬지?"

"최악은 아닙니다."

운비가 웃었다. 그건 사실이었다. 운비의 등판 때 타격이 시원하게 터져서 편안하게 던져본 기억은 많지 않았다. 올 시즌 초반, 다저스의 류연진도 그랬다. 그가 등판하는 날이면 다저스의 타선 역시 물 먹은 종이처럼 흐물거렸던 것. 그랬기에 류연진의 첫승도 5월에서야 이루어졌다. 아쉽기는 하다지만 그걸 이유로 삼을 수는 없었다.

"황!"

하트의 두 손이 운비 어깨를 잡았다.

"우리가 다시 한번 단독 1위 먹어보자고. 지난번은 고작 이틀이었지, 아마."

"저도 바라는 바입니다."

"좋았어. 내일 승 찍으면 선인왕이 목전이라고. 아니면 내가 이 자식들 그냥 두지 않을 테니까."

하트가 손을 내밀었다. 운비는 그 손을 잡았다. 늘 과장된 웃음과 몸짓, 필요 이상으로 화려한 언변과 능란한 임기응변… 오늘 하트는 그 절정을 달리고 있었다.

신인왕이 목전!

그건 사실 리베라에게도 한 말이었다. 멋진 디펜시브 런 세이브가 나오거나 홈런을 치는 날이면 그의 립 서비스는 쉬지 않았다.

그는 브레이브스의 단장이다. 신인왕은 리베라나 운비의 일이지만 하트에게는 신인왕도, 지구 1위도 다 그의 치적이 될 판이었다.

단장의 입김이 스니커에게도 들어간 걸까?

3차전을 앞두고 선수단 미팅이 약간 길어졌다. 이례적으로 스니커 입에서 타격에 대한 발언이 나왔다.

"타격!"

스니커가 타자들을 바라보며 뒷말을 이었다.

"여러분은 열심히 하고 있다. 그러나 여러분은 아직 분발이 필요하다."

"……."

"지난번 집단 슬럼프는 지나간 것 같지만 상하 타선의 유기적 조화는 여전히 부족하다. 투수들의 호투에 미치지 못하고 있다는 것!"

스니커는 타자들을 잠시 바라본 후에 말꼬리를 붙였다.

"사실 타격이 안 되는 건 두 번째 문제다. 그건 기다려 줄 수 있다. 하지만 수비까지 안 되는 건 곤란하다."

"……."

"타격은 다소 주춤거리더라도 수비는 메이저다운 수비를 해야 한다. 오늘, 3연승 스윕보다 먼저 그 말을 머리에 그려주기

바란다."

"……."

"진짜 강팀은 수비가 시작이다. 그다음이 투구고 타격이다."

"……."

"이상!"

스니커의 연설이 끝났다. 타격을 두고 수비를 거론한 건 간접 질책이었다. 마침 어제 경기에서도 에러가 나왔다. 표면적으로 볼 때는 그걸 짚는 것 같지만 결국은 타격이었다. 또다시 두어 타자가 삽질 조짐을 보이고 있었다.

"어!"

미팅 회의장을 나오던 운비, 낯익은 얼굴에 시선이 멈춰 버렸다. 보젤과 메켄지였다.

"황!"

"보젤, 메켄지, 언제 왔어요?"

운비가 소리쳤다. 순간 리베라는 벌써 그들 뒤에서 슬라이딩으로 덮쳐오고 있었다.

"리베라, 야생마 기질은 그라운드 안에서만 보이라고 했지?"

메켄지가 웃었다.

"이어, 우리 후배님들도 오셨군."

리베라의 눈동자가 돌아갔다. BFP 프로그램의 2기 엘리트들을 본 것이다.

"어이, 마리에타, 그렉스. 인사들 해. 요즘 방방 날고 있는 빅 리그 최고의 선수들… 황하고 리베라 알지? 우리 BFP가 배출한 최고의 플레이어들."

"당연히 알죠."

메킨지의 말에 두 청년이 머쓱하게 웃었다. 투수와 포수 시스템을 수련 중인 신인들이었다. 마리에타는 흑인으로 투수, 그렉스는 백인으로 포수 수련을 받는 중이었다. 말하자면 트레이닝 기간 중에 빅 리그의 분위기를 익히러 온 것이다. 운비와 리베라도 겪었던 일이었다.

"이 친구는 얼마 전에 마이너리그에 출장했다가 4이닝 동안 일곱 점을 주고 내려왔지. 홈런 두 방에 2루타 두 방… 며칠 패닉이 왔길래 기분 전환 겸……"

보젤이 마리에타의 등을 밀었다. 마리에타는 볼을 붉히며 웃었다. 딱 작년 이맘때 운비의 모습과 판박이였다. 운비도 그때, 당장에라도 등판만 시켜주면 빅 리그를 씹어 먹을 것 같았지만 현실은 달랐다.

딱!

안타.

딱!

홈런.

그때의 악몽이 잠시 안개처럼 스쳐갔다.

"마리에타가 보젤의 바짓가랑이를 잡고 매달렸나요?"

운비가 물었다.

"아직은… 야구 그만하고 싶다는 말만 하고 있어. 선배로서 뭐 해줄 말 없어?"

"내가 해줄 말은 딱 하나죠."

"……?"

마리에타의 시선이 운비에게 건너왔다.

"그따위 정신 줄이면 야구 때려치워!"

운비의 입에서 나온 말은 단호했다.

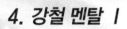

4. 강철 멘탈 I

"......?"

"저도 루키지만 마운드는 용서가 없더군요. 그 어떤 이유나 핑계도 통하지 않습니다. 마운드에서 통하는 건 강철 같은 커맨드와 공이죠."

"......"

"내 말이 좀 심했지? 하지만 솔직히 말한 거야. 나도 BFP 프로그램 이수하면서 수도 없이 많은 생각을 했었거든."

운비의 시선은 보젤에서 마리에타로 건너갔다.

"......"

"앞의 말은 농담이고 진짜 해줄 말은 따로 있어."

"……."

"걱정 마. 어떻게든 극복할 수 있어. 그 프로그램에 선택되었다는 사실 하나만으로도!"

운비의 말이 도움이 되었을까? 긴장하던 마리에타의 표정이 밝아졌다.

"하핫, 역시 경험자는 다르군. 마리에타 얼굴이 확 변했잖아?"

보젤은 만족스러운 표정을 지었다.

"하핫, 말은 그렇게 했지만 은근 걱정이에요. 내 경기를 참관하러 온 모양인데 제대로 던지지 못하면……."

개쪽팔림.

한국말은 혼자 중얼거렸다.

"황은 이미 충분히 몫을 하고 있어. 우리도 황의 활약을 다 보고 있거든."

"고맙습니다."

"가봐. 컨디션 관리해야지. 식사는 내일 게임 끝난 후에 리베라랑 같이하자고."

보젤은 운비를 배려해 주었다.

마리에타…….

침대에서 그를 생각했다. 그 코스를 앞서 끝내고 온 운비.

내일 호투를 해야 할 또 하나의 이유가 생겼다. 지쳐가는 마리에타에게 위로가 되고 싶었다.

다음 날 오전, 운비는 루틴을 끝냈다. 오늘은 런닝에 비중을 많이 두었다. 트레이너들은 못마땅해하는 눈치였지만 운비가 원했다. 메이저의 많은 트레이너들은 의미없는 런닝을 좋아하지 않는다. 경기력을 저하한다고 판단하는 것.

하지만 중고교 시절을 그렇게 살아온 운비는 이따금 기분전환을 위해서라도 런닝이 필요했다. 소야고 나인들과 달리던 바닷가… 훈련을 끝내고 뛰어들던 그 바다… 그때가 그리웠다. 추억은 피로 회복제가 되었다. 그 바닷소리가 피로를 청량하게 씻어주었다.

"마셔."

트레이너가 콜라를 건네주었다. 그들도 알고 있다. 운비에게는 콜라가 각성제라는 것. 얼음까지 동동 뜬 잔으로 마시고 나니 몸이 쫙 풀리는 것 같았다.

보젤과 마리에타는 중간 과정부터 운비를 보고 있었다. 빅리거의 등판일 루틴을 마리에타에게 보여주는 것이다.

오늘은 하트 단장까지 취재진을 끌고서 여기저기 설치고 다녔다. 클럽하우스에서도 그랬고 불펜에서도 그랬다.

"좋아, 좋아. 이 분위기로 가자고!"

그는 그 말을 입에 달고 살았다. 완전 물 만난 고기였다.

볼펜의 몸풀기가 끝나갈 때 뜻밖의 비보가 들려왔다. 수비 연습을 하던 타자들이 연습 과정에서 충돌, 작은 부상을 입었다는 소식이었다. 하필이면 리베라와 프리먼. 부상은 심각하지 않았지만 전력으로 볼 때는 굉장히 심각한 일이었다.

"으아!"

트레이너들은 거의 혼절 직전이었다.

리베라와 프리먼…….

타선의 핵심으로 꼽히는 선수들…….

프리먼은 발목를 접질렀고 리베라는 손가락이 꺾였다. 큰 부상은 아니지만 오늘 출장은 어렵다는 진단이 나왔다.

"쳇, BFP 후배들 앞에서 만루 홈런 하나 날려주려고 했더니 신이 시샘을 하네."

리베라는 여전히 익살을 떨었다.

"그러니까 황."

두 손이 운비 어깨로 올라오는 리베라.

"오늘은 황이 완봉해라. 인시아테와 스완슨 등이 한두 점은 낼 수 있지 않겠어? 그래야 우리 체면이 서지."

"오케이!"

운비가 콜을 받았다. 차포가 떨어진 격이지만 그래도 게임은 치러야 했다.

"오늘은……."

몸풀기를 마치고 불펜을 나갈 때 레오가 운비를 바라보았다.

"체인지업이 좋아."

'체인지업?'

운비가 돌아보자 레오는 엄지를 세워 보이는 것으로 할 일을 마감했다. 거기서 리사를 만나 막간 인터뷰를 했다. 그녀가 원하는 건 바뀌지 않았다. 팀의 차포가 떨어졌다고 해도…….

승!

오직 승이었다.

운비가 움직이자 홈 팬들이 뜨거운 성원을 보내왔다. 어린아이들까지 '황', '황' 하며 운비에게 손을 흔들었다. 스탠드는 입추의 여지없이 꽉 들어찼다. 팬들이 지구 단독 1위를 얼마나 갈망하는지 알 수 있었다.

더그아웃에 들어선 운비에게 콜라 한 잔이 건네졌다. 스칼렛의 짓이다. 리베라와 프리먼의 결장 소식을 들은 것이다.

잔을 들고 가만히 마운드를 바라보았다. 아직은 비어 있는 저 자리… 오늘 운비가 8승에 도전하는 자리였다. 유니폼을 당겨 등 번호를 돌아보았다.

88.

8승 도전에 등 번호 88번. 8이 세 번이나 겹친다.

황운비……

운비는 스스로에게 최면을 걸었다. 리베라와 프리먼의 결장. 굉장한 전력 누수다. 과장 좀 하자면 타격의 절반, 외야 수비의 절반을 비워놓고 하는 셈. 하지만 소야고를 생각하면 아무것도 아니었다. 그때 소야고 선수들은 그저 의욕뿐이었다. 그런 선수들과 함께 일구어낸 우승기들…….

'거기 비하면……'

운비의 시선이 남은 선수들에게 향했다. 인시아테, 스완슨, 켐프, 마카키스… 빅 리거들은 아직 즐비했다. 리베라와 프리먼 대신 들어오는 선수들도 당연히, 빅 리거들이었다.

'까짓것.'

콜라를 원샷해 버렸다. 끄윽, 트림과 함께 리베라와 프리먼의 결장은 잊어버렸다. 운비는 주무르던 테니스공을 월리 윤에게 건네주고 글러브를 집어 들었다. 스탠드 쪽에서 바라보는 보젤과 스칼렛, 마리에타 등이 눈에 들어왔다. 그들의 기대를 안고 결연히 나섰다. 운비가 출격할 타임이었다.

〈내셔널스〉

1번 타자: 대니 이튼(CF)

2번 타자: 미구엘 터너(SS)

3번 타자: 크리스 하퍼(RF)

4번 타자: 라파엘 짐머만(1B)

5번 타자: 데릭 아로요(LF)

6번 타자: 롤란 머피(2B)

7번 타자: 카터 렌던(3B)

8번 타자: 로디 워터스(C)

9번 타자: 오스틴 슈허저(P)

〈브레이브스〉

1번 타자: 인시아테(CF)

2번 타자: 알비에스(2B)

3번 타자: 마카키스(RF)

4번 타자: 켐프(LF)

5번 타자: 스완슨(SS)

6번 타자: 아르나드(1B)

7번 타자: 스즈키(C)

8번 타자: 피터슨(3B)

9번 타자: 운비(P)

선발 라인업에 대변화가 일어났다. 내셔널스도 그렇고 브레이브스도 그랬다. 우선 내셔널스는 중심 타선에 변화를 주었다. 최근 잘 맞는 짐머만을 4번에 넣은 것. 놀라운 건 5번에 들어간 아로요였다. 운비로서는 처음 보는 선수였다. 그는 트리플 A에서 긴급 수혈된 선수였다. 그곳 타율이 무려 0.388이었다. 브레이브스의 거센 도전을 받다 보니 충격적인 변화가 필요하다고 판단한 것이다.

물론 그보다 더 심한 변화는 브레이브스였다. 어제까지만 해도 아무 일 없었던 리베라와 프리먼. 둘의 결장이 짧게는 3~4일, 길게는 1주일 정도 갈 예정이었다.

스니커 감독, 고육지책 끝에 타선 정리를 했지만 표정은 어두웠다. 당장 오늘 게임도 그렇지만 쌍포를 뺀 채 맞게 될 다음 경기 또한 악몽에 다름 아니었다. 그나마 '에스트로스'와 '블루 제이스' 전을 끝으로 인터 리그가 끝난 게 다행이었다.

"잘될 거야."

스즈키가 한쪽 눈을 찡긋하며 웃었다.

"그럴 겁니다."

운비가 동의했다. 늘 근거 없는 긍정에 불타던 운비였다. 타자들이 뻥뻥 점수를 내주면 좋지만, 어차피 운비는 마운드를 책임져야 했다. 가만히 내외야를 돌아보았다. 리베라는 전의에 불타고 있다. 프리먼도 그렇다. 그런데⋯ 스완슨의 경우는 달랐다. 신성시력에 보인 그의 컨디션은 그리 좋아 보이지 않았다.

'늘 좋을 수는 없지.'

크게 신경 쓰지 않았다.

타석에 이톤이 들어섰다.

'체인지업⋯⋯.'

레오의 말이 귀를 열고 들어왔다. 하지만 스즈키의 사인은 패스트 볼이었다. 경기 개시를 알리는 공. 그건 역시 패스트 볼이 잘 어울렸다.

158㎞/h짜리 포심을 한 방⋯⋯.

쾅!

그라운드를 울리는 천둥소리.

생각만 해도 후련하지 않은가? 더구나 스탠드에는 의기소침해진 마리에타가 있었다. 강력한 초구로 위로가 되고 싶었다.

와인드업을 할 때만 해도 운비는 몰랐다. 부질없이 택한 포심 하나가 1회 초의 악몽으로 작용할 줄은⋯⋯.

"와앗!"

운비는 훨훨 타오르는 매직 존을 향해 불꽃 같은 패스트 볼을 날렸다.

부웅!

이톤은 초구부터 방망이를 돌렸다. 운비는 제구력이 있는 투수. 마음에 들면 무조건 갈기는 것이다.

짝!

"……!"

타격음을 듣는 순간, 스즈키가 마스트를 벗어들었다. 운비는 어깨에서 힘이 쭉 빠져나가는 걸 느꼈다. 공은 거의 다이렉트로 날아가 우익수를 넘어갔다. 리베라가 빈 그 자리였다.

"아, 황, 초구 홈런을 내주는군요."

중계석의 폼멜이 탄식을 쏟아냈다. 이톤은 보란 듯이 3루를 돌고 있었다.

"실투였을까요?"

"실투라기보다는 이톤이 워낙 잘 받아쳤습니다. 타격 임팩트가 정확하게 맞았다고 할까요? 공의 궤적이 말해주지 않습니까?"

"하필이면 리베라 자리로군요. 오늘 리베라가 부상으로 결장한 걸 알기라도 한 듯 말이죠."

"리베라는 큰 부상이 아니랍니다. 3일 정도 쉬면 나올 수 있다고 합니다."

"하지만 프리먼은 1주일이죠. 그렇기에 초구 한 점이 더 크게 느껴집니다."

"황은 커맨드와 스터프가 훌륭한 선수입니다. 초반 한 점, 크게 느낄 필요 없습니다. 리베라와 프리먼이 빠졌다고 해서 한두 점 못낼 브레이브스의 분위기는 아니니까요.,"

"터너와의 승부를 보면 알겠죠. 황의 명품 커터가 위력을 발휘하길 기대해 봅니다."

커터…….

스즈키의 사인은 해설자와 궤를 같이했다.

좋은 투수…….

플라워스는 말했다. 좋은 투수란 맞지 않는 투수가 아니라 맞은 후에 흔들리지 않는 선수라고. 마음을 고른 운비의 초구가 날아갔다.

짝!

티너 역시 초구 타격을 했다. 2연패를 당한 내셔널스 선수들. 작심하고 나온 모양이었다. 배트가 깨지면서 공은 피터슨 앞으로 굴렀다. 하지만 그의 스텝이 살짝 엉겼다. 그 바람에 송구 자세가 나빴다. 공이 옆으로 빠지면서 1루수 아르나드의 발이 떨어지고 말았다.

"세잎!"

1루심이 소리쳤다.

"……!"

벌떡 일어선 스즈키 표정이 굳는 게 보였다. 에러였다. 에러가 일어날 만한 상황도 아니었다. 이런 날은 좋지 않았다.

"Go, Go! Victory!"

싸늘해진 분위기를 내치기 위해 운비가 소리쳤다.

"파이팅!"

인시아테와 켐프가 호응했지만 전 같지는 않았다. 돼지 먹을 따는 리베라의 자리에 들어온 마카키스가 침묵한 까닭이었다.

타석에는 하퍼가 들어섰다. 이미 한 점을 내주고 노아웃에 1루.

'도루 조심.'

스즈키가 경보를 보내왔다. 한 시즌 30도루의 능력을 갖춘 터너였다. 도루 센스까지 갖춘 선수였다. 견제구를 두 번이나 던졌다.

'포심!'

스즈키의 사인이 왔다. 미트는 하퍼의 콜드 존인 바깥쪽 높은 존이었다. 은근히 터너를 향해 압박 눈빛을 쏜 운비가 퀵모션에 들어갔다. 터너는 뛸 듯 하면서 운비의 폼에 영향을 주었다.

빽!

초구는 볼이 되었다.

'커터.'

두 번째 사인을 받고 킥킹을 하는 순간, 네 걸음을 리드하던 터너가 2루를 향해 질주했다. 그 통에 제구가 약간 흔들렸다. 스즈키는 잡은 공을 던지지 못했다. 바깥으로 많이 빠지는 공이라 송구 자세를 잡지 못한 것.

'Sorry.'

운비가 손을 들어 보였다.

'괜찮아.'

스즈키가 화답했다.

노아웃에 2루, 타자는 2—0.

분위기가 내셔널스 쪽으로 가고 있었다. 설상가상, 3구로 날아간 체인지업도 공 하나가 낮았다. 하퍼의 방망이는 요지부동이었다. 리그 수위 타자를 오르락거리는 수준다웠다.

볼카운트 3—0.

절대 불리한 상황에서 가운데 가까운 코스에 포심을 하나 넣었다. 주심은 별소리도 없이 주먹을 쥐어 보였다.

'체인지업!'

스즈키의 미트가 하퍼 쪽으로 움직였다. 운비의 공이 날아 갔지만 따라나오던 하퍼의 배트가 홈 플레이트 앞에서 멈췄다. 볼넷이 나오고 말았다.

"헤밍톤이 마운드로 올라갑니다."

중계석의 캐스터 폼멜 목소리가 다운되고 있었다.

"하퍼의 진루는 황의 실투가 아닙니다. 하퍼의 선구안이 워낙 좋았어요."

"그렇죠?"

"저런 공에 손이 안 나오면 사이영상 투수라고 해도 어쩔 수 없습니다."

"문제는 노아웃에 1, 2루라는 거 아닙니까?"

"노아웃 만루에서도 점수가 나지 않을 때가 많죠."

글레핀은 희망적으로 말했다.

"생각이 많아졌나?"

운비 옆에 선 헤밍톤이 공을 만지며 말했다.

"아뇨."

"그럼 짝꿍 리베라가 없어서 맥 풀렸어?"

"그것도 아니죠."

"그럼 문제없군."

"예, 그럴 겁니다."

"좋아. 천천히 가자고. 한두 점 준다고 야구 지는 거 아니
야."

"예."

운비가 웃었다. 헤밍톤이 돌아서자 그 뒤에 서 있던 내야수
들이 운비의 등을 쳐주고 자리로 돌아갔다. 타석에는 짐머만
이 들어서고 있었다.

짐머만……

어쩌면 지금 내셔널스에서 제일 핫한 선수…….

이미 하퍼가 출루한 상황. 짐머만까지 출루가 되면 걷잡을
수 없게 될 수도 있었다.

'커터.'

스즈키가 미트를 세워 보였다.

'……'

'다른 거?'

'……'

'패스트 볼?'

'체인지업 가죠.'

'오케이.'

스즈키는 운비의 결정을 수용했다. 투수는 어쩌면 예민한 사람들이었다. 거기에 더해 '감'도 남다른 경우가 많았다. 특히 운비가 그랬다. 운비는 변화된 타자의 존을 알기도 했고, 낙구 지점을 예상하는 예측력도 돋보였다. 그걸 아는 스즈키였기에 딴죽을 걸지 않았다. 이럴 때는 투수의 기를 살려주는 것도 포수 리드의 한 방편이었다.

하퍼에게 견제구 하나를 던졌다. 어린 나이에 신인왕을 먹은 선수. 도루 능력도 있지만 부상 방지를 위해 잘 뛰지는 않는다. 그러나 그는 언제든지 뛸 수 있는 선수였다.

짐머만의 콜드 존은 난해했다. 25개 존을 기준으로 보자면 11과 15번이 가장 약했다. 하지만 13번에 들어가면 죽음이다. 가장 안전한 코스라면 16, 21, 22번 존으로 연결되는 바깥쪽 낮은 코스. 존을 조율한 운비의 커터가 손을 떠났다.

"볼!"

주심의 입에서 김 빠진 콜이 나왔다. 공 반 개가 빠진 것이다.

'One More.'

짐머만이 반응하지 않자 스즈키가 하나를 더 원했다. 미세하게 존을 조율한 운비가 2구를 던졌다. 패스트 볼과 RPM을 맞춘 공이었다.

짝!

주춤하던 짐머만의 배트가 돌았다.

'좋았어.'

운비는 주먹을 불끈 쥐었다. 방망이는 두 쪽이 났고 공은 스완슨 앞으로 굴렀다. 완벽하게 더블플레이 코스였다. 그런데, 거기서 아연실색할 일이 일어나고 말았다. 스완슨이 공을 떨군 것이다. 서두른 탓이었다. 주자는 물론 타자까지 살았다.

"아, 여기서 스완슨이 에러를 범하고 맙니다."

중계석의 캐스터 폼멜은 거의 울부짖었다.

"대참사로군요. 퍼펙트한 더블플레이 코스였는데……"

"불규칙 바운드도 아니었습니다. 황에게 전환점을 줄 수 있는 기회였는데 오히려 짐을 무겁게 만드는 브레이브스 내야진입니다."

"지구 단독 1위에 탈환에 대한 부담감일까요? 아니면 리베라와 프리먼이 결장하는 바람에 서두르는 걸까요?"

"둘 다일 것 같습니다. 어쨌든 이 초반 위기를 잘 넘겨야 합니다."

"노아웃 만루… 황의 어깨가 무거워지는 군요."

오늘 해설로 나온 글레핀의 목소리도 무겁게 들렸다.

'스완슨……'

신성시력에 보였던 그의 나쁜 컨디션. 전율스러운 적중이었다.

노아웃 만루.

절대 위기를 맞은 운비였다.

꽉 찬 주자를 좌우로 살폈다. 웃었다. 등 뒤로 빅 리거들을 이렇게 많이 둘 수 있다니. 그렇다고 울 수도 없는 일 아닌가?

까짓것!

3점 다 주고 시작하지, 뭐.

아주 편하게 생각해 버렸다.

"아자, 아아!"

운비는 스완슨을 위로할 겸 목청껏 외쳤다. 영어가 아니었다. 팀원들이 못 알아들어도 상관없었다. 이 순간, 운비에게는, 운비만을 위한 주술이 필요했다.

"파이팅, 황!"

더그아웃의 리베라가 화답을 했다. 그가 흔드는 손에서 하얀 붕대가 눈에 띄었다.

"파이팅!"

외야의 인시아테가 먼저 화답을 했다. 의기소침하던 스완슨과 알비에스도 동참했다.

"아자아!"

운비의 파이팅이 작렬되었다. 그러자 주심이 사뿐히 경고를 날려주셨다. 브레이브스 홈 팬들은 우우우 야유로 주심의 경고에 맞섰다.

타석에는 롤란 머피가 들어와 있었다. 운비 귀에는 자신의 등장 음악이 울려 퍼졌다.

so sand up, for the champions.

일어나 챔피언이 되려면……

주저앉으면 모든 게 꽝이야.

마음을 다스리며 포수의 사인을 보았다.

'포심!'

타격 매커니즘이 간결한 머피. 스즈키는 힘으로 눌러보기를 원했다.

'그러죠.'

운비가 사인을 받았다. 노아웃에 만루지만 몸은 아직 풀리

지도 않았다. 스탠드도 불펜도 바라보지 않았다. 운비의 목표
는 오직 스즈키의 미트였다.

"와아앗!"

기합과 함께 초구가 날아갔다.

뻑!

머피의 배트가 돌았지만 공에 닿지 못했다. 전광판의 스피
드는 159㎞/h를 찍고 있었다. 이날 운비가 찍은 최고 구속이
었다.

'하나 더.'

'좋죠.'

짐머만을 노려본 운비가 퀵 모션에 들어갔다. 공은 좌타자
의 안쪽으로 물결치는 포심이었다.

뻑!

또다시 헛스윙. 머피는 고개를 갸웃거리고는 다시 배트를
조율했다.

'커터?'

스즈키가 물었다.

'체인지업요.'

'오케이.'

삼구 삼진.

그런 생각은 없었다. 마음을 비운 운비가 공을 뿌렸다.

짝!

머피의 방망이가 다시 돌았다. 정타가 아니라 공을 건드린 수준이라 파울이 되었다.

'체인지업.'

'······?'

스즈키의 사인을 받은 운비가 고개를 들었다. 커터 사인이 나올 차례기 때문이었다.

'오늘 체인지업 볼 끝이 좋아.'

'고맙습니다.'

'하나 제대로 꽂아보자고.'

'그래야죠.'

스즈키가 엉덩이를 낮추며 자세를 잡았다. 운비는 수박덩어리만하게 보이는 미트를 향해 4구를 날렸다.

부욱!

오늘따라 적극 타격으로 나오는 머피. 그러나 이번만은 공과 먼 스윙이었다. 운비의 체인지업이 생각보다 많이 떨어진 까닭이었다.

"아, 황··· 드디어 힘을 내는군요."

중계석의 목소리에 활기가 느껴졌다.

"파워로 누른 타구입니다. 1구와 2구로 들어간 두 개의 포심은 혼을 담은 전력투구라고 봐도 무방합니다."

"이렇게 되면 렌던과의 대결이 중요하군요."

"그렇습니다만 오늘은 7번으로 나오는 아로요도 경계 대상입니다."

"론디 베이커 감독의 긴급 콜 업을 받은 선수 말이죠?"

"트리플 A에서 4할 가까운 타격을 뽐내던 선수입니다. 황이 조심해야 할 타자입니다."

"타석에 렌던이 들어섭니다. 이 선수에게서 더블플레이를 유도하면 더 바랄 게 없을 텐데요?"

"그렇죠. 이번에도 유격수 땅볼이 나오면 스완슨이 경직되기 않기만을 바랍니다. 황은 땅볼을 유도할 능력이 충분하거든요."

중계화면은 다시 운비에게로 향했다.

초구는 다시 포심이 들어갔다. 2구는 체인지업을 던졌고, 3구로 커터가 날아갔다. 타자 코앞에서 꺾이며 스트라이크존을 물고 들어갔다. 주심이 외면했다. 볼카운트는 2—1이 되었다. 좋은 유인구에 렌던의 방망이가 나오지 않은 것. 앞선 타자 머피와는 다른 성향의 렌던이었다.

'포심!'

복잡할 때는 단순한 게 최고였다. 스즈키는 그걸 알았다. 운비는 축을 이룬 오른발을 들어 앞으로 밀었다. 허리를 뒤틀며 착지하는 발. 급 브레이크를 밟듯이 하체의 파워를 상체로 옮겨 포심을 꽂았다.

뻐억!

렌던의 배트가 돌았지만 거리감이 있었다. 운비의 무력 시위 덕분에 볼카운트는 2─2로 변했다. 강력한 포심 다음에는 오프스피드 피치가 효과적. 타자는 커터와 오프스피드 피치를 노릴 공산이 컸다.

'체인지업?'

스즈키가 운비의 의향을 물었다.

'포심이오.'

운비는 간결하게 답했다. 슬슬 몸이 풀리고 있었다. 과녁 조준도 나쁘지 않았다. 공 하나 더 낮게 꽂을 수도 있을 것 같았다.

'가자.'

스즈키가 미트를 움직였다. 운비는 다시 그립을 잡았다. 조금 전과 같은 그립이었다.

정면 돌파!

운비가 택한 건 그것이었다. 다행히 렌던의 배트 스피트는 그리 매섭지 않았다. 방금 정도의 스피드라면 맞아도 파울이 될 가능성이 컸다.

'후우.'

가슴팍에 찬 숨을 몰아낸 운비. 무념무상의 딜리버리로 5구를 날렸다.

부욱!

렌던의 방망이도 함께 돌았다.

뻑!

미트질 소리가 천둥처럼 울렸다. 스윙은 좋았지만 운비 공의 무브먼트가 더 좋았다. 홈 플레이트 부분에서 흔들리는 공은 아련하게 배트를 빠져나가고 말았다.

삼진!

투아웃이 되었다. 로진백을 만지는 사이에 7번 타자가 타석에 들어섰다. 그 역시 탱탱한 근육의 흑인이었다. 둥근 눈망울을 가진 그는 배트로 홈 플레이트와의 거기를 가늠하고는 운비를 노려보았다. 시선 또한 근육처럼 탄탄하기 그지없었다.

"나이스 피처, 황!"

리베라가 손나팔을 만들어 응원을 보내왔다.

'땡큐!'

무표정히 인사를 받으며 존을 바라보았다. 스즈키가 알고 있는 그의 콜드 존은 안쪽과 낮은 공, 그리고 1번 존의 극단이었다. 하지만 운비의 눈에는 또 다른 콜드 존이 보였다. 그건 정중앙 바로 옆에서 몸 쪽 코스. 거기라면 아로요는 10번 중에 한 번을 쳐내기도 바쁜 곳이었다.

'트리플 A 4할 가까운 타율……'

아름다웠다. 트리플 A라면 빅 리그에 근접한다. 수준은 다소 떨어진다고 해도 4할을 친다는 건 기적에 가까운 일이었다. 빅 리그에서 잘나가는 선수도 트리플 A에서 4할을 치기는 어렵다. 인정해야 할 실력이었다. 그게 비록, 지금 이 한순간에 개발에 땀 나듯 펄펄 날고 있다고 해도.

'환영식 삼아 브러시백 피치(Brushback pitch) 하나 꽂고 시작하지?'

스즈키의 관록이 나왔다. 아로요는 어차피 몸 쪽 공에 약한 타자. 빅 리그의 인사를 겸해 간담을 쫄게 하자는 의도였다.

'기꺼이.'

운비 입가에 차가운 미소가 스쳐갔다. 타자를 위협하는 투구는 크게 세 가지로 구분된다. 빈볼과 브러시백 피치, 그리고 녹다운 피치. 빈볼과 녹다운 피치는 타자에게 해를 주려는 의도가 있지만 브러시백 피치는 조금 달랐다. 타자에게 겁을 주는 것이다.

악의는 없었다. 그러나 타석에 선 이상 모든 타자는 운비의 적이었다. 반칙이 아니라면 그 어떤 공을 던져서라도 유리한 고지를 점해야 했다.

"와아앗!"

운비의 초구가 날아갔다. 아로요의 가슴 가까이로 날아드는 포심이었다. 아로요는 제자리에서 움직이지 않았다. 거의 맞을 뻔했는데도 말이다.

"우!"

스탠드에서 감탄과 야유가 뒤섞여 나왔다. 아로요의 유니폼과 공은 정말이지 공 하나 차이였다. 다른 선수들 같으면 본능적으로 주저앉거나 뒤로 물러날 상황. 그런데도 아로요는 끝까지 공만 보고 있었다.

'이 자식, 뭐야?'

스즈키가 미간을 찡그렸다.

'강심장인데요?'

'아예 녹다운 피치로 먹일 걸 그랬나?'

'농담이죠?'

운비가 고개를 저었다. 녹다운 피치는 매너가 아니었다.

'물론 그렇지.'

'커터 하나 꽂을게요. 비슷한 코스로.'

'좋지.'

스즈키가 다시 포구 자세를 취했다.

타자를 노려보는 운비. 베이스의 주자들은 모두 뛸 자세를 갖췄다. 투아웃에 만루. 이제는 타격음만 들리면 공도 보지 않고 달릴 타자들이었다.

그런데… 정말 그 타격음이 들렸다.

짝!

부드러운 딜리버리에 상응하는 물결 같은 배팅이었다. 홈 플레이트 직전에서 변한 커터. 그래프의 선처럼 꺾였지만 아로요는 아무렇지도 않다는 듯 궤적을 맞추었다.

"아, 아로요… 황의 명품 커터를 쳐냅니다!"

중계석의 목소리가 높아졌다. 공은 우익수를 향해 날아갔다. 궤적은 그리 높지 않았다. 공의 방향과 우익수의 질주. 타조의 신성시력으로 상황을 보던 운비. 안도하던 눈빛에 그림자가 드리워졌다.

"마카키스, 런! 런!"

운비가 악을 썼다. 마카키스가 갑자기 보폭을 줄인 시점이었다. 마카키스가 주춤주춤 팔을 뻗었다. 잡을 수 있는 거리로 판단한 마카키스였다. 하지만 공은 예상보다 빨리 떨어졌다.

"웃!"

마카키스가 몸을 날렸다. 공을 잡지 못했다. 땅을 튕긴 공은 마카키스의 가슴팍을 맞고 앞으로 떨어졌다. 재빨리 공을 집은 마카키스가 홈을 향해 공을 뿌렸다. 3루 주자는 놀면서 들어온 상황. 2루 주자가 홈으로 대시하고 있었다.

"아, 아, 아!"

중계진들은 말을 잊은 채 소리만 질렀다. 마카키스의 공이 스즈키의 미트에 닿았다. 스즈키가 재빨리 턴을 했지만 2루 주자의 발이 빨랐다.

"세잎, 세잎!"

주심은 한 손으로 수평을 그으며 상황을 정리했다. 간발의 차이로 막지 못한 것이다.

"퍽킹!"

허공을 후려친 건 리베라였다. 그라면 당연히 잡았을 공이었다. 설령 못 잡았다고 해도 홈에서 주자를 아웃시켰을 일이었다. 하지만 가정은 가정일 뿐이었다. 전광판은 가정 따위에 휘둘리지 않고 점수를 플러스 시켜놓았다.

3 대 0.

아로요가 친 타구는 안타 처리가 되었다.

투아웃에 1, 3루.

이어 나온 8번 타자 워터스. 그사이에 아로요가 도루를 했다. 스즈키의 송구는 정확했지만 스완슨이 태그 과정에서 공을 놓치며 도루를 허용하고 말았다. 스완슨의 삽질은 계속되고 있었다.

그나마 워터스를 삼진으로 돌려세웠다. 길고 긴 1회가 끝나는 순간이었다. 운비는 더그아웃으로 뛰어가는 스완슨의 엉덩이를 툭 쳐주었다. 붉게 상기된 스완슨이 돌아보았다.

"괜찮아요."

운비가 웃었다. 스완슨은 웃지 않았다.

"정말 긴 이닝이 끝났군요."

내셔널스 나인들이 마운드로 들어오는 동안에도 중계석의 화제는 식지 않았다. 그런데 거기 낯익은 사람이 앉아 있었다. 바로 햄버거를 문 스칼렛이었다.

"오늘은 특별한 게스트를 한 분 모셨습니다. 안녕하세요, 스칼렛?"

폼멜이 스칼렛을 바라보았다.

"오랜만이군요? 중계석에서는……."

스칼렛은 두 팔꿈치를 데스크에 올렸다.

"자주 모시지 못해 죄송합니다. 사실 오늘 브레이브스의 BFP 프로그램이 배출한 걸출한 두 루키를 화제로 삼으려 했는데 시작은 좋지 않네요."

"그런가요?"

"리베라는 손가락 부상으로 며칠 결장하게 되었고 황은 악몽의 1회를 보냈습니다. 두 선수를 발굴한 입장에서 어떻게 보셨나요?"

"햄버거 맛이라고 봅니다만."

"햄버거 맛이라고요?"

해설자가 고개를 디밀었다.

"햄버거는 대중적이지만 잘 음미하면 다양한 맛을 느낄 수 있죠. 빵과 패티, 그리고 소스와 야채의 조화가 빚어낸 맛의 물결… 빵만 물면 목이 좀 메지만 소스와 야채를 함께 베어 물면 환상적이거든요."

"흐음, 햄버거론치고는 심오하군요."

"심오하죠. 인생이 심오하고 야구가 심오합니다. 말인즉슨, 황은 방금 아무것도 없는 빵을 베어 물었다는 겁니다. 그렇다면 남은 건 어떤 부분일까요?"

스칼렛은 패티와 소스가 두툼하게 삐져나온 부분을 카메라에 들이댔다.

"이야, 기막힌 비유입니다. 그러니까 황이 이제부터 맛의 천국을 보여줄 거다 이 뜻 아닙니까?"

"당연히 그럴 겁니다. 그게 황이 가진 기본이거든요. 조금 나쁘더라도 어떻게 해야 하는지를 아는 선수입니다."

"처음 만났을 때의 느낌을 칼럼에서 읽은 적이 있는데 정말 필링이 왔습니까? 짜잔 하고?"

"그렇죠. 내 와이프를 만났을 때 이후로 가장 강력했습니다."

"하지만 타선에 구멍이 생겼습니다. 잘나가는 리베라와 프리먼… 속된 말로 전력의 반이 이탈했다고 볼 수 있거든요.

타선의 지원이 없다면 황의 고전은 선택이 아니라 필수로 보입니다만."

"그렇겠죠. 하지만 황은 사실 늘 그런 컨디션 속에서 투구를 했습니다."

"예?"

"코리아에는 갑이라는 말이 있죠. 영어로 하면 'The Best'쯤 되는데 그런 식으로 표현하자면 황은 멘탈이 갑입니다. 그가 속했던 고교 야구팀은 코리아에서 꼴찌였거든요. 그 팀을 이끌고 우승을 밥 먹듯이 하던 선수가 바로 황입니다."

"하핫, 역시 스칼렛이군요. 몇 마디만 들어도 위로가 됩니다. 그럼 브레이브스의 반격을 기대하면서 천천히 얘기를 나누도록 할까요?"

캐스터의 시선이 마운드로 향했다.

5. 강철 멘탈 II

마운드에는 슈허저가 산맥처럼 우뚝 서 있었다. 1회 말, 그러나 3 대 0으로 홀가분하게 시작하는 마당.

뻥!

뻥!

포수의 미트를 공략하는 연습구는 다른 날보다 힘이 탱탱해 보였다.

인시아테는 4구 만에 삼진으로 물러났다. 2번 타순으로 올라온 알비에스는 2구째 내야 땅볼을 치며 아웃 카운트를 늘려주었다. 마카키스 역시 2구를 후려쳐 중견수 플라이로 고이

후퇴를 했다. 공 8개로 1회 말을 끝낸 슈허저였다.

2회 초.

운비의 투구가 슬슬 빛을 내기 시작했다. 슈허저를 삼진으로 잡은 후에 이톤까지 돌려세웠다. 이톤은 부러진 방망이만 두 개였다. 이어진 터너는 운이 좋았다. 공을 받은 1루수 아르나드의 발이 베이스에서 떨어지는 바람에 살았다. 하지만 하퍼와의 대결에서 운비가 이겼다. 3구 만에 좌익수 파울플라이를 끌어낸 것이다.

이때부터 빛나는 투수전이 전개되었다. 브레이브스는 7회 말까지 3루를 밟지 못했다. 슈허저에게 2안타를 뽑아내기는 했지만 모두 단타로 끝났다.

내셔널스도 추가점은 내지 못했다. 1회 3점의 악몽에서 깨어난 운비를 공략하지 못한 것이다. 특히 아로요는 두 번째 타석에서 4구 삼진으로 잡아냈다. 세 번째 타석에서는 피터슨의 다이빙 캐치가 빛났다. 선상을 빠져나가는 공을 동물 같은 반사신경으로 몸을 날려 잡아낸 것. 오늘 아쉬운 스완슨의 수비를 보상하는 명수비였다. 더 다행스러운 건 투구 수. 내셔널스 타자들이 적극적으로 나오는 통에 한계 투구 수에 여유가 있었다.

3 대 0.

패색은 물론 영봉패의 위기에 몰린 8회 초가 시작되었다.

"황!"

선두 타자로 나가려는 운비를 스니커가 불렀다.

"예, 감독님."

"무리하면 안 돼."

"예."

"타자들을 믿으라고. 리베라와 프리먼이 빠졌지만 이제 터질 때가 되었어. 그렇지?"

"그럼요."

운비가 웃었다. 스니커의 말은 진리였다. 운비의 7승은, 이유야 어쨌든 다 타자들 덕분이었다. 그들이 오늘처럼 전광판에 0만 쌓았다면 단 1승도 이루지 못했을 일이다.

감독의 우려는 부상에 있었다. 타자들이 삽질을 하면 투수가 서두른다. 자기 힘으로라도 해결하려 하는 것이다. 그러다 무리한 스윙이 나오면 허리를 다칠 우려가 높았다. 소탐대실할 수 있으니 미리 경계를 준 것이다.

―타석의 운비.

―마운드의 슈허저.

슈허저는 쳐보란 듯이 패스트 볼을 뿌렸다. 방금 전 타석에서 당한 삼진의 복수를 머리에 그리고 있는 것. 운비는 철저하게 스니커의 말을 지켰다. 이전 타석에서는 안타를 노렸지만 지금은 아니었다.

타조의 신성시력…….

그 눈매로 구종을 보며 커트를 해냈다. 결국 8구 만에 볼넷을 골라나갔다. 운비의 볼넷. 브레이브스의 젖은 방망이에 폭발에 신호탄이 되는 출루였다.

운비 뒤를 잇는 타자는 1번 인시아테였다. 오늘 나온 단 두 개 안타 중에 하나를 친 주인공. 또 하나는 켐프의 작품이었다. 인시아테는 초구를 흘려보냈다. 2구 역시 팔꿈치를 움찔했을 뿐 배트가 돌지 않았다.

3구!

체인지업에 이어 포심이 들어왔다. 기다리던 인시아테의 배트가 시원하게 돌았다.

짝!

공은 직선으로 날아갔다. 유격수 터너의 머리 위였다. 단숨에 도약한 터너가 손을 쭉 뻗었다. 그 공이 글러브 끝을 맞고 튀었다. 터너는 온몸을 이용해 공을 잡았다. 그런 다음 빠르게 연결동작을 취했다. 송구가 약간 빗나갔다. 1루수가 겨우 잡아 달려오는 인시아테에게 팔을 뻗었다.

"아웃!"

1루심의 주먹이 올라갔다. 하지만 인시아테와 주루 코치가 격렬하게 항의를 하고 나섰다. 글러브가 닿지 않았다는 것이다. 브레이브스 쪽에서 챌린지를 신청했다. 비디오 판정을 요구한 것이다. 스탠드가 잠시 술렁거렸다. 중계석도 분위기도 다르지 않았다.

"화면상으로 보면 노 태그인데 MLB에서는 어떤 판정을 내릴까요?"

폼멜의 목소리가 커졌다.

"각도에 따라 조금 애매한 부분도 있군요. 유니폼이 바람에 휘날린 건지 아니면 태그에 의한 것인지가 관건인 거 같습니다."

"양 팀 더그아웃의 촉각이 곤두섰군요. 두 팀 다 중요한 부분이죠?"

"그렇다고 봐야죠. 판정이 번복되면 브레이브스는 노아웃에 1, 2루가 됩니다."

"반면 내셔널스는 위기에 몰리게 되는군요?"

"스칼렛이 보기엔 어떻습니까?"

글레핀이 스칼렛을 바라보았다.

"제 눈으로 보면 세이프입니다. 태그에 의한 유니폼의 흔들림이라면 어깨도 밀려야죠. 저건 달리는 탄력에 의한 유니폼의 움직임입니다."

"아, 지금 판정이 들어온 모양입니다."

폼멜의 시선이 1루 쪽으로 옮겨갔다.

"세잎!"

심판은 판정을 번복했다. 태그가 되지 않았다고 본 것이다.

"와아아!"

브레이브스의 더그아웃에서 함성이 솟았다. 맥없던 홈 팬들의 스탠드에도 활력이 돌았다. 노아웃 1, 2루. 2루에는 운비, 1루에는 인시아테가 자리를 잡았다. 슈허저는 침을 한 번 뱉은 후 어깨를 돌려보았다. 기분이 좋을리 없었다.

노아웃!

알비에스가 타석에 들어섰다. 앞선 타석에서 죄다 슈허저의 호투에 눌린 알비에스. 스코어가 3 대 0이었기에 번트 사인 같은 건 나오지 않았다.

'초구를 노린다……'

2루의 운비는 알비에스의 속내를 알았다. 타격 자세 때문이었다. 그의 신경과 시선은 칼날처럼 일어나 있었다. 어수선한 판정으로 잠시 쉬었던 슈허저. 그 헐렁한 틈을 노리려는 것.

운비는 한발을 더 리드했다. 운비는 선행주자. 설령 유격수 땅볼이 나오더라도 3루에서 횡사하고 싶지 않았다.

'슬라이더……'

슈허저의 투구 폼이었다. 그렇다면 알비에스의 타격폼은 조금 낮아야 했다.

'과연?'

촉각이 곤두서는 사이에 공이 홈 플레이트에 닿았다. 공은 슬라이더가 맞았다. 타자 앞에서 미친 변화를 일으키고 있었다.

짝!

알비에스는 엉덩이를 빼며 배트를 휘둘렀다. 그가 노린 건 패스트 볼이었다. 하지만 그의 방망이는 포기하지 않고 끝까지 스윙을 가져갔다. 방망이 끝에 맞은 공은 어설픈 궤적을 그리며 2루수 키를 넘어갔다. 빗맞은 안타가 나온 것이다.

"스톱, 스톱!"

3루 주루코치가 운비를 세웠다. 이미 3루를 돌았던 운비. 그대로 직진했으면 홈에서 횡사를 당할 상황이었다.

"와아아!"

알비에스가 1루를 밟자 홈 팬들이 노도처럼 일어섰다. 노아웃에 만루. 브레이브스에게 주어진 황금의 찬스. 누가 먼저인지 도끼 응원이 시작되었다.

"우우우— 우우우우!"

그러쥔 주먹을 아래 위로 휘두르는 홈 팬들. 그들 눈에 베이스를 꽉 채운 선수들이 보였다. 반드시 생환시켜야 하는 전사들이다. 셋 다 들어오면 동점. 내내 내셔널스의 분위기였던 그라운드에 광풍이 몰아치기 시작했다.

"우우— 우우!"

응원 속에서 운비의 심장도 뛰었다. 매직이다. 브레이브스

의 도끼질 응원은 가슴 깊은 곳의 무엇을 자극하는 효과가
있었다.

내셔널스에서 투수 코치가 걸어나왔다. 그는 마운드의 슈
허저와 낮은 속삭임을 주고 받았다. 슈허저는 내려갈 의사가
없었다. 투수 코치도 그런 눈치였다. 단지 브레이브스의 기세
를 한숨 죽이려는 시간 벌기 차원의 타임이었다. 투수 코치는
그대로 돌아섰다.

"우— 우— 우— 우!"

스탠드에서는 홈 팬들의 도끼질 응원이 계속되고 있었다.

역전!

그 바람을 안고 마카키스가 들어섰다. 앞선 타석에서는 삽
질과 외야 플라이로 돌아섰던 마카키스. 사실 그는 원래 프
리먼급 이상의 선수였었다. 전성기 때는 리그를 대표하는 5툴
플레이어였던 것. 그러나 파워가 떨어지면서 장타력이 실종되
었다. 애틀랜타로 온 첫 해에 그가 쏘아 올린 홈런은 꼴랑 3개
였다. 13개도 아닌 3개…….

다행히 선구안과 컨택 능력은 유지하고 있었다. 나아가 큰
찬스에서 클러치 능력을 보여주는 것도 그의 존재 목적 중의
하나였다.

클러치 능력!

지금이 바로 그때였다. 리그를 대표하는 5툴 플레이어였던

마카키스. 그의 '한 방'이 목마른 시점이 된 것이다.

부욱, 부욱!

마카키스가 배트를 조율했다. 야구란 분위기 싸움이다. 직전 타석의 마카키스는 허술해 보였다. 호투하는 슈허저의 패스트 볼을 공략할 것처럼 보이지 않았다. 하지만 베이스가 꽉 찬 타석에 들어선 마카키스는 무게감이 달라보였다. 어쩐지 빈틈이 없는 것이다.

모두가 긴장한 가운데 슈허저의 초구가 날아갔다.

뻑!

"뽀오!"

주심은 입술로 '볼'을 외쳤다. 볼이라는 단어는 사실, 미국인이 발음하면 뽀오처럼 들린다. 이제는 운비도 구분하는 발음이었다.

슈허저의 초구는 패스트 볼. 여전히 156km/h를 찍었지만 바깥쪽으로 살짝 빠졌다. 2구는 몸 쪽으로 들어온 싱커. 그역시 아슬아슬하게 볼 판정을 받았다. 좌타석의 마카키스는 다시 배트를 조율했다. 확실히 전 타석의 마카키스와는 다른 모습이었다.

마운드의 슈허저는 1루와 3루 주자를 시선에 두었다. 운비가 마음에 걸리는지 견제구를 던져왔다. 만루의 시발이 운비였기 때문이었다.

슈허저는 다시 마카키스를 상대했다.

볼카운트 2-0.

이제는 스트라이크를 잡아야 하는 상황. 위험부담이 있는 체인지업이나 슬라이더보다 패스트 볼이 들어갈 상황이었다.

마카키스의 배트……

가볍게 진동하고 있었다. 그 진동의 근원은 손과 허리, 마침내 다리였다. 슈허저의 3구가 날아왔다. 매의 눈처럼 반짝이던 마카키스의 눈동자가 출렁거렸다. 동시에 배트가 돌았다.

짝!

마카키스의 콜드 존인 바깥쪽 15번 존을 노린 투심. 마카키스는 무리하지 않고 가볍게 밀어쳤다. 3루수가 점프를 했지만 공은 그 키를 넘어갔다.

"와아아!"

함성과 함께 운비가 홈을 밟았다. 2루 주자도 1루 주자도 홈을 향해 뛰었다. 선상을 타고 흐른 공은 구장 끝의 펜스를 맞고서야 아로요의 글러브에 들어갔다. 그사이에 마카키스는 3루까지 치닫고 있었다. 아로요의 공 또한 3루수 렌던에게로 빨려들었다.

"세잎!"

3루심은 한쪽 무릎을 굽힌 채 양팔을 수평으로 파닥거렸다. 장장 3루타. 동점타를 터뜨린 마카키스가 베이스 위에서 포효했다.

"우— 우— 우— 우!"

도끼질 응원은 극에 달하고 있었다. 기어이 전사들을 생환
시킨 것이다. 더불어 이제는, 역전 주자까지 나갔다. 그것도
무려 3루였다.

다시 내셔널스의 투수 코치가 나왔다. 슈허저의 강판이었
다. 운비와의 맞대결은 일단 운비의 승이었다. 끝까지 끌려오
다 마지막에야 엎은 대반전의 기적이었다.

내셔널스는 케인 블렌튼을 소방수로 투입했다. 불펜 강화
를 위해 봄철에 긴급 수혈한 투수. 그가 4번 타자 켐프와 맞섰
다.

"켐프, 홈런 한 방 날려요!"

더그아웃의 리베라가 외쳤다. 리베라는 오늘 목소리로 한
몫하고 있었다. 물론 다치지 않은 손도 바빴다. 운비를 축하한
답시고 목을 휘감고 있었던 것.

리베라 못지 않게 흥분한 사람은 또 있었다. 바로 하트 단
장이었다. 구단 관계자들과 관전을 하던 그의 입은 찢어지기
일보직전이었다. 말할 때마다 미친 듯이 침도 튀었다.

지구 단독 1위.

그게 눈앞에 와 있는 것이다. 켐프가 한 방 날려준다면 완
전한 현실이 될 수도 있었다.

타석의 켐프는 담담했다. 오늘 밥값을 못한 그였다. 안타하나를 쳤다지만 영양가도 없었다. 내내 0으로 끌려온 무기력한 타선. 1회 이후 호투하는 루키 운비에게 자존심이 서지 않는 날이었다.

하지만 오늘 슈허저의 공 끝이 좋았다. 원래도 리그를 대표하는 우완이지만 공 끝이 살아 있었던 것. 그런 날은 타격이 좋은 팀이라고 해도 어쩔 수 없는 일이었다.

하지만 그런 핑계는 공허할 뿐이다. 팬들은 핑계 따위는 원하지 않는다. 상대 투수의 컨디션이 좋으면 타자는 그보다 더좋은 컨디션으로 돌파해야 할 뿐이었다.

뻑!

초구가 홈 플레이트를 통과했다. 154㎞/h의 속구였다.

퍽!

2구는 커브가 들어왔다. 오프스피드 피치지만 구속 차이가심했다. 슬쩍 3루를 바라본 켐프, 시선을 투수에게 고정시켰다.

'너만은 불러들인다.'

스스로에게 다짐을 한 켐프의 배트가 바람을 갈랐다.

짝!

3구는 포심이었다. 그러나 공의 무브먼트가 괜찮아 밑 부분을 건드리고 말았다. 켐프는 방망이를 팽개쳤지만 브레이브스로서는 나쁘지 않았다. 공이 중견수 깊은 플라이로 날아간 까닭이었다. 이톤이 공을 잡는 순간, 마카키스가 태그업을 했다. 이톤 역시 사력을 다해 공을 뿌렸다. 마카키스가 조금 빨랐다. 유려한 슬라이딩으로 들어온 그의 다리가 정확하게 홈 플레이트를 찍었다.

"와아아!"

한 점이 더 들어오면서 스코어는 4 대 3. 마침내 대역전을 이루는 브레이브스였다. 다음 타석에 들어선 건 스완슨이었다. 오늘 수비에서 삽질을 해댄 스완슨. 그렇잖아도 신인왕 경쟁에서 다소 주춤하던 터라 각오를 새롭게 다졌다. 역전을 했다지만 시원한 안타라도 하나 쳐야 얼굴이 살 판이었다.

첫 구에 스윙.

3구 체인업에도 헛스윙.

볼카운트는 1-2로 몰렸다. 삼진의 위기에서 스완슨은 일대 반전을 이루었다. 4구로 들어온 싱커에 기가 막힌 타격 포인트를 맞춘 것. 공을 따라 질주하던 이톤이 펜스 위로 뛰어올랐다.

"아아……."

"넘어갑니까? 넘어갑니까?"

중계석의 목소리는 깔딱 고개를 넘어가기 직전이었다.

"홈런!"

마침내 폼멜이 펄쩍 뛰었다. 스완슨의 홈런이었다. 스완슨은 주먹을 그러쥐고 베이스를 돌았다. 3루를 돌아 홈 플레이트를 밟고서야 어깨에 걸린 짐과 비난을 내려놓았다. 운비는 여전히 그를 미소로 맞았다. 이번에는 스완슨도 웃었다.

8회.

단숨에 5득점으로 전세를 뒤집은 브레이브스. 판은 퍼펙트하게 브레이브스의 것이었다. 더구나 내셔널스는 악몽까지 겹쳤다. 점프하고 내려온 이톤이 발목을 접질린 것. 생각보다 부상이 심해 시즌 아웃되는 초대형 참사까지 맞았다.

브레이브스는 내셔널스의 마지막 공격을 무위로 돌리면서 승리를 굳혔다.

"브레이브스, 또다시 동부지구 단독 1위에 우뚝 서는 브레이브스입니다!"

"아아, 감격입니다. 감격!"

중계석의 해설진들은 벌떡 일어선 채 외치고 또 외쳤다. 스칼렛도 그들을 따라 일어섰다. 더그아웃에서 감격을 나누는 브레이브스 선수들이 보였다. 당연히 운비도 있었다. 서로 부둥켜안고 좋아하는 모습. 정말이지 얼마 만에 보는 건지 몰랐다.

'황……'

스칼렛은 젖은 눈동자로 혼자 중얼거렸다.

'너는 내 최고의 선택이었어.'

"황운비 선수 축하합니다."

MLB와 USBA 투데이, ESPN의 인터뷰가 차례로 끝난 후, 차혁래가 마지막 인터뷰에 나섰다.

"감사합니다."

"오늘 초반은 헬 나이트였죠?"

"조금 그랬습니다."

"선두 타자 홈런에 이어 노아웃에 만루… 그때 무슨 생각을 했습니까?"

"좋았습니다."

"좋았다고요?"

"쟁쟁한 메이저리그 선수들을 제 뒤로 주르륵 줄 세웠지 않습니까?"

"이야, 진짜 그랬단 말이죠?"

"저는 우리 팀 선수들을 믿으니까요."

"하지만 오늘은 그렇지 않았습니다. 믿고 있던 스완슨도 컨디션이 좋지 않아 구멍을 자처했었죠."

"경기를 하다 보면 그런 날도 있고 저런 날도 있는 법이죠. 하늘도 늘창 햇빛만 내리쬐지는 않거든요."

"하핫, 정말 황운비 선수 멘탈은 갑 중의 갑이로군요. 그렇다면 오늘 승리를 확신했다는 말로도 들리는데요?"

"죄송하지만 승리는 확신하지 않았습니다. 저는 단지 마운드에서 제 할 일을 하는 것뿐이죠."

"오!"

"투수가 몇 점을 주건 안 주건 승리는 타자들의 방망이에 달렸습니다. 한 점을 안 줘도 타자들이 한 점도 못 뽑으면 무승부가 되니까요."

"그렇다고 해도 오늘은 다른 날과 다른 날이었습니다. 특히 단짝 리베라와 브레이브스 타격의 핵으로 꼽히는 프리먼이 결장했지 않습니까?"

"그렇기는 하지만 우리 팀은 어떤 타자든 다 핵심 타자입니다. 오늘 그걸 증명하지 않았나요?"

"아!"

인터뷰를 하던 차혁래가 한 방 얻어맞은 순간이었다. 운비의 말은 의미심장했다. 시합에 나서면 누구든 주인공이다. 4번이 홈런을 칠 수도 있지만 9번도 칠 수 있다. 상위 타선이 잠잠하다싶을 때 하위 타선이 폭발한다. 정해진 건 아무것도 없었다.

"여러분, 보십시오. 오늘 무려 8승째를 수확한 황운비 선수입니다. 아직 약관 스무 살의 짱짱한 나이지만 빅 리그의 특급투수답게 시야도 멘탈도 넓어지고 있습니다. 황운비 선수, 고국의 팬들에게 한 말씀 부탁합니다."

"언제나 고맙습니다. 늘 열심히 하겠습니다."

운비는 화면을 향해 승리의 V자를 그려보이며 인터뷰를 끝냈다.

"이야, 운비 너 말솜씨도 빅 리그급인데?"

마이크를 끈 차혁래가 엄지를 세워주었다.

"진짜요? 실수는 안 했나요?"

"그렇다니까. 좀 실수도 해줘야 내가 편집하면서 목에 힘을 주는데……."

"진짜 실수 안 했어요? 정신이 하나도 없어서……."

"아무튼 축하한다. 잘하면 전반기에 10승 먹게 생겼어."

"그건 나중 문제고, 좀 가볼게요. 나중에 봐요."

"야, 야. 황운비. 시간 없냐?"

"없어요. 좀 아쉬우면 리사하고 둘이 오붓하게 즐기세요."

"그건 또 어떻게 알았어?"

"쳇, 투수가 눈치의 달인이라는 거 몰라요? 타자를 상대하다보면 웬만한 사람 정도는 눈치로 파악할 수 있거든요."

"야, 우리 별 사이 아니야."

"누가 뭐래요? 그럼 내일 또 봐요."

운비는 손을 흔들며 사라졌다.

"바쁘대죠?"

차혁래 뒤에서 리사가 나타났다.

"그렇다네요."

차혁래가 얼굴을 붉혔다.

"내가 오늘 황, 바쁠 거라고 했잖아요? 차가 졌으니 약속대로 오늘 쏘세요."

"그러죠 뭐. 하긴 8승 찍었으니 하트 단장이 한턱낼 수도 있고……."

"스니커가 낼 수도 있고?"

"혹은 인시아테와 리베라 등등등……."

"오늘은 BFP 쫑파티예요. 물론 치적 좋아하는 하트 단장도 거기 끼겠지만."

"아차, 그러고 보니……."

"흐음, 오버 액션한다고 봐줄 생각 없으니 앞장서세요. 예약은 분위기 죽여주는 데로 했겠죠?"

"물론이죠. 둘이 가서 배 터지게 먹어봅시다. 계산은 우리 방송사 카드가 해결해 줄 테니."

"매력적인 소리군요."

"그까짓 카드보다야 리사가 더 매력적이죠."

차혁래는 리사를 위해 조수석 문을 열었다.

"황!"

보젤과의 약속이 있는 레스토랑. 운비가 자리에 앉자 숨어 있던 리베라가 달려들어 이마에 뭔가를 붙여주었다.

"뭐야?"

운비가 종이를 떼며 물었다.

"직접 보셔."

리베라가 어깨를 으쓱해 보였다. 그건 팀 순위표였다.

〈동부지구 팀 순위표.〉

브레이브스—44승 22패.

내셔널스—43승 23패.

말린스—38승 28패.

메츠—32승 34패.

필리스—26승 40패.

동부지구 순위… 그 꼭대기에 우뚝 자리한 브레이브스였다.

"와우!"

이미 아는 사실이지만 자신도 모르게 함성이 나왔다. 좋은 건 보고 또 봐도 질리지 않는 법. 덕분에 주변 테이블의 손님들이 운비를 돌아보았다.

"I am sorry."

운비가 재빨리 수습에 나섰다. 레스토랑에서 소리를 지르면 매너 없는 행동이었다. 그런데 손님들은 질책 대신 박수를 보내주었다.

"브레이브스 피처 황 아닙니까?"

"오늘은 떠들어도 용서합니다."

"You are The best!"

손님들은 저마다 칭찬을 아끼지 않았다. 심지어 한 손님은 운비 테이블의 식사비를 책임지겠다는 약속까지 해왔다.

"으아, 너무 인기 좋은 거 아냐? 샘나는데?"

운비 옆에 앉은 리베라가 엄살을 떨었다.

"좋을 자격 있지. 무려 8승이잖아?"

보젤이 또 다른 자료표를 내밀었다. 메이저리그에서 발표한 빅 리그 투수 성적표였다. ERA의 중심으로 쭉 추려놓은 투수들의 줄에서도 운비는 상위권에 랭크되어 있었다.

"뭐야? 커쇼하고 파이리츠, 컵스의 에이스들과 함께 5위권?"

리베라의 두 눈이 휘둥그레졌다.

"ERA만 보지 말고 G, IP, BB, SO, WHIP까지 찬찬히 보라고. 더 놀라게 될 테니까."

보젤은 두 팔을 의자에 걸치며 웃었다.

"에이. 보젤!"

자료를 보던 리베라가 입술을 내밀었다.

"왜? 신인왕이 황에게 안기는 거 같아서?"

"아닙니까? 저 손가락 이삼 일이면 낫는다고요."

"누가 뭐라나? 우린 단지 전반기가 끝나기도 전에 8승을 올린 황을 축하하는 것뿐이야."

웃고 떠드는 사이에 음식이 나왔다.

"자자, 오늘은 내가 내는 거니까 마음껏 즐기시길."

핸드폰 문자로 바쁘던 하트가 큰 액션으로 입을 열었다. 이제부터는 그의 페이스였다.

"오늘 게임 정말 극적이었네. 그런 대역전이라니⋯ 이건 진짜 드라마야, 드라마!"

하트의 입에서 소스가 튀었다. 그래도 그는 개의치 않았다.

"팬들이 난리가 난 모양이야. 일부는 아직 집에도 가지 않고 구장 앞에서 축하 의식을 치루고 있다더군. 황과 관련된 이벤트 상품은 전부 동이 난 모양이고."

"⋯⋯."

"구단 사무실에 연락해서 당장 황의 이벤트 아이템을 늘이고 물량도 두 배로 투입하라고 했네. 자넨 우리 팀의 보물이라니까."

"그 보물을 팽개치려던 사람도 있었지."

콜라를 마시던 스칼렛이 슬쩍 딴죽을 걸었다.

"스칼렛, 다 지난 이야기입니다."

"앞으로 또 올 수 있으니 하는 말이야."

"지금 우리 팀 분위기 모르십니까? 여기서 황을 다른 팀으

로 보낸다고 하면 리그 최고의 타자 둘을 받는다고 해도 제가
무사하지 못할 겁니다."

"아니 다행이군."

"아무튼 기분 최고입니다. 이것도 다 스칼렛 덕분이죠?"

"흐음, 입막음인가?"

"진심입니다. 이거 받으시죠?"

하트가 봉투를 내밀었다.

"뭔가?"

"올해 내내 구장 내 햄버거와 콜라 무한 이용권입니다. 구
장 연간 이용권은 이미 예약을 하셨더군요."

"눈물 나는군."

"보젤, 어때? 올해 엘리트들은?"

스칼렛과의 비즈니스(?)를 끝낸 하트가 보젤에게 화제를 돌
렸다. 보젤 옆에는 올해의 두 엘리트가 있었다. 운비의 8승에
더한 브레이브스의 단독 1위 탈환 때문인지 그들도 제법 고무
되어 있었다.

"마리에타와 그렉스… 내년을 기대해 주십시오. 지금은 사
막의 늪에 빠져 있지만 곧 올라올 겁니다."

"마리에타!"

하트가 마리에타를 바라보았다.

"예, 단장님."

"다른 거 다 필요 없고 황의 뒤를 따르라고. 내년에 지금까지의 황의 성적만 내도 자넨 대박이야."

"그러죠."

마리에타가 웃었다.

"자, 그럼 나는 또 다른 사람을 만나야 해서… 보젤, 계속 수고하고, 황도 즐거운 밤 되길 바라네."

하트는 들뜬 표정으로 레스토랑을 나갔다.

"흐음, 이제 좀 조용하군. 하트가 있으면 정신머리가 사나워서……."

스칼렛은 의자 안 쪽으로 더 들어앉았다.

"정신없기는 저도 마찬가지입니다. 스프링캠프가 시작되기 전만 해도 황은 캠프에 합류될지 아닐지를 고민하던 차였는데……."

"이제는 자네 신인왕 자리를 대놓고 노린다?"

리베라의 말에 보젤이 응수했다.

"아, 진짜… 다른 놈들 같으면 확 응징이라도 하겠는데……."

"뭐 자네 성적도 만만치 않아. 이대로만 가면 투표단들이 고민 좀 할 거라고."

"그 고민보다 내 고민이 더 크니까 문제죠."

"봤지? 1기생들의 이 행복한 고민?"

보젤이 두 엘리트들의 주의를 환기시켰다. 그들의 눈은 더욱 맑아져 있었다.

BFP 프로그램.

지금 정도면 지칠 때도 되었다. 더러 실전을 치루고 있겠지만 몸이 근질거리고 있을 시기. 이 방식이, 이 조련이 과연 옳을까 의구심까지도 들 때였다. 운비도 그랬었다.

그래도 그들은 작년의 운비보다는 나았다. 운비에게는 멘토가 없었다. 하지만 마리에타에게는 운비가 멘토가 될 수 있었다. 운비를 보며 마음을 다질 수 있는 것이다.

'내년이면……'

ㅡ나도 황운비처럼 될 수 있다.

그건 멋진 등대불이 될 수 있는 가이드라인이었다.

"어때?"

집으로 돌아오는 길, 차 안에서 스칼렛이 물었다. 핸들은 스칼렛이 잡고 있었다.

"뭐가요?"

"Everything!"

"좋죠, 뭐."

"작년 이맘때는 아까 그 친구들 같았지?"

"그랬죠. 빨리 빅 리그에 가고 싶은데 매일 비슷한 연습만 반복하라고 하니……."

"그때 편안하게 구르다 왔으면 어땠을까?"

"……."

그 말에 운비의 정신이 번쩍 들었다. 거기서 꿀이나 빨며 편안하게 굴렀다면… 그래서 하던 피칭만 믿고 빅 리그 마운드를 밟았다면…….

"……!"

그야말로 아찔한 상상이었다. 초반 몇 게임, 혹은 이따금 운이 좋을 때는 승을 올릴 수도 있었을 것이다. 가끔은 상대 방 5, 6선발진과 맞붙을 때도 있고, 상대의 방망이가 물방망이인 시기도 있는 것이니…….

'그랬으면 잘해야 전반기 2, 3승…….'

그걸 생각하다 운비는 또 한 번 놀랐다. 한국에서 들었던 스칼렛의 예측 때문이었다. 그때 스칼렛이 말한 승이 바로 그 수준이었다. 다른 구단에 가면, 그래서 바로 5선발쯤 되어 게임에 투입되면…….

―7승 6패.

그때 스칼렛이 예상한 승수였다.

"스칼렛!"

호흡을 가다듬은 운비가 조용히 입을 열었다.

"왜?"

"게임기 작동돼요?"

"안 되던데?"

"해보긴 하나요?"

"그럼. 죽기 전에 한 번은 될 것 같아서……."

"저는 이미 두 번 작동되었어요."

"응?"

"한 번 더 남았다고 들은 거 같은데……."

"한 번 더?"

"예."

"누가 그래?"

"게임기가요."

"……."

"그 게임기가 제 소원을 들어주거든요."

"그 말은 믿어주지. 내 소원도 들어준 거 같으니……."

"스칼렛의 소원요?"

"황을 스카우트하고 싶은 마음. 그래서 지금 이렇게 함께 있잖아?"

"그렇군요."

"작동이 되면 무슨 소원을 말할 건가?"

"RPM요."

"RPM?"

"3,000 찍게 해달라고요."

"소박하군."

"예?"

"거기 빌지 않아도 황은 3,000 찍을 수 있을 거야."

"고마워요."

"내가 할 말이지. 늘그막의 나를 이렇게 해피하게 만들어주다니……."

"그거 설마 예쁜 우리 누나 자주 봐서 하는 말은 아니겠지요?"

"예끼, 인시아테가 들으면 당장 우리 집으로 쳐들어올걸?"

스칼렛이 웃었다. 둘의 웃음 사이로 운비의 집이 가까워지고 있었다.

6. 괴물 타자를 넘어라 I

지구 단독 1위.

순위표는 볼수록 행복했다.

사실 브레이브스의 단독 1위는 초반에도 한 번 있었다. 6연승을 질주할 때 이틀 천하를 맛보았던 것. 하지만 내셔널스와 맞대결로 따낸 1위는 그 느낌이 달랐다. 이미 인터 리그도 끝난 상황. 다른 리그의 팀과 격돌하느라 생기는 변수도 사라졌다. 그러고 보면 브레이브스의 인터 리그 성적도 나쁘지 않았다. 그 또한 1위 등극의 바탕이었다.

이번 1위는 1주간 지속되었다. 이어진 말린스와의 3연전 또

한 위닝시리즈로 가져간 덕분이었다. 첫날, 브레이브스는 1차전을 내주었다. 여기서 호투한 말린스 투수가 토마스 가렛이었다. 운비와 신인왕을 다투는 투수. 그는 느린 구속으로 브레이브스 타자들의 호흡을 흩뜨려 놓았다.

7이닝을 던지면서 1실점으로 호투하고 승을 챙겼다. 이날의 스코어는 2 대 1. 가렛도 MLB의 주목을 한 몸에 받았다.

2차전은 반대 결과가 나왔다. 브레이브스 블레어의 호투를 발판으로 2 대 1로 빚을 갚았다. 이때까지도 빈타에 허덕이던 브레이브스 선수들. 3차전부터 그 봉인이 풀렸다. 손가락 부상을 딛고 출장한 리베라의 타격 덕분이었다. 며칠 쉰 분풀이라도 하듯 리베라는 3안타를 몰아쳤다. 그중 하나가 홈런이었다. 이날의 빅 리그는 리베라가 달구어놓았다.

―황운비.

―토마스 가렛.

―지타노 리베라.

브레이브스와 말린스의 대결은 연일 뉴스의 초점을 받고 있었다.

3차전을 9 대 2로 이기면서 2승 1패. 내셔널스도 파드리스를 맞아 2승 1패를 이루었기에 승차도 변하지 않았다.

그러다 자이언츠와의 시즌 두 번째 격돌에서 철퇴를 맞았다. 자이언츠 홈에서 벌어진 원정 4연전. 하필이면 시작부터

꼬였다. 그 주인공은 운비였다. 4연전의 마수걸이 승을 노리고 투입된 운비. 1회는 호투했지만 발목에 통증이 오면서 적신호가 왔다.

적신호의 암시는 수호령이었다. 2회와 동시에 수호령이 홈플레이트에 보인 것. 다른 때는 없던 일. 별일 아니겠지 싶어 투구를 하다가 통증을 느꼈다. 아침에 호텔을 나서면서 살짝 접질렸던 발목이 은근히 딴죽을 걸어온 것이다. 볼넷 하나와 내야안타를 맞으며 원아웃에 만루를 만들고 말았다. 헤밍턴이 올라왔고, 플라워스가 고개를 저었다. 공의 위력이 점점 차이를 보였던 것.

"오늘만 날이 아니잖아?"

헤밍턴이 손을 내밀었다. 운비는 공을 넘겨주는 수밖에 없었다. 뒤를 이어 들어온 불펜 또한 불안하기는 마찬가지였다. 몸 풀 시간이 부족했던 것이다. 새 투수가 단타와 2루타를 맞으며 무려 4점을 내주었다. 3점은 운비의 자책점이 되었다. 1점대 후반이던 자책점이 훌쩍 2점을 넘어갔다.

1차전은 무려 10 대 3으로 패했다.

2차전 역시 3 대 1로 석패.

3차전도 끌려가다가 겨우 역전에 성공, 5 대 4로 1승을 얻었다. 하지만 4차전에서도 브레이브스는 분루를 삼켰다. 오랜만에 선발에 합류한 노장 딕키의 컨디션이 좋지 않았던 것이다.

4연전 원정에서 1승 3패.

그사이 내셔널스는 메츠에게 20 대 4의 어마무시한 대승을 포함, 3승 1패를 올리며 지구 1위 자리를 가져갔다. 이 경기에서 내셔널스는 이튼이 시즌 아웃된 우려를 말끔히 씻어냈다. 그 자리에 들어선 카터 렌돈이 펄펄 날았던 것. 그는 무려 5타수 5안타, 3홈런을 몰아치며 내셔널스의 리드오프 근심을 일거에 씻어주었다.

운비는 10일짜리 DL에 올랐다. 덕분에 두 게임을 결장하게 되었다. 나중에 안 일이지만 진짜 아쉬운 일은 따로 있었다. 바로 올스타 투표였다. 이 DL은 운비의 득표에 막대한 손해를 끼쳤다. 결국에는 데뷔 첫 해, 올스타전에 나갈 수 있는 기회까지 가져간 부상이었다. 그러다 보니 어느 새 전반기의 끝이 보이고 있었다. 남은 건 브루어스와의 3연전 뿐.

인터리그로 치루어진 애스트로스와의 2연전이 끝난 날 헤밍톤이 운비를 불렀다.

"던지고 싶어 죽겠지?"

헤밍톤이 물었다.

"아시면서 뭘 묻습니까?"

운비가 볼멘소리를 냈다.

"미첼의 메디컬 보고서는 받았지만 본인 의사가 중요해서……"

"저는 던지고 싶다고 몇 번 말했을 텐데요?"

"입과 몸의 상태도 맞춰봐야 하고."

"헤밍톤."

"신인왕 말이야……."

"예?"

"그것 때문에 조바심이 나는 건 아니지?"

"아닙니다."

"그럼 다행이군. 뉴스를 전해주지."

'뉴스?'

"올스타전 말이야, 감독 추천은 프리먼으로 결정되었네."

"잘됐군요."

운비가 웃었다. 곧 벌어진 올스타전. 그 또한 부상이 치명적이었다. 투표가 한참일 시기에 경기에 나서지 못하면서 선정에서 밀린 것. 거기에는 브레이브스에서 지나치게 보안을 한 것도 한몫을 했다. 팬들이 운비의 부상이 생각보다 심각한 것으로 알고 투표에 적극 참여하지 않은 것.

"잘돼? 서운한 게 아니고?"

"서운할 일을 하셨나요?"

운비가 물었다.

"우린 솔직히 자네가 휴식하기를 바라네."

"제 다리는 끄떡없습니다."

"보고서에도 그렇게 나왔더군. 이제 투구를 해도 문제없다고."

"아무튼 프리먼이라도 나가서 다행입니다."

"대신 전반기 유종의 미를 자네가 거둬주게."

"브루어스전에는 나가게 되는 겁니까?"

"전반기 마지막 게임이네. 안 내보내면 날 원망할 거 아닌가?"

"콜!"

"이번 휴식기에 코리아에 다녀온다고 했었지?"

"예."

"그걸 생각하면 올스타 빠진 것도 나쁘진 않군. 브루어스와는 첫 게임에 등판하게 될 걸세. 던지고 바로 코리아 다녀오라고."

"배려해 주셔서 고맙습니다."

운비가 웃었다. 그동안 온몸이 근질거리던 운비. 마침내 부상의 그림자를 털고 등판 결정을 받는 순간이었다. 올스타에 빠졌다지만 별로 섭섭하지 않았다. 그건 원래 꿈꾸지 못했던 일. 올스타에 뽑혔다면 한국의 광고 팀이 미국으로 날아왔을 일이지만 고국을 찾는 것도 나쁘지 않았다.

7월 7일.

운비는 브루어스의 홈구장에 섰다. 두 번째였다. 브루어스도 올해 대반전을 노리는 팀 중의 하나였다. 지난 수년 간 지구 4위 수준에 그쳤던 브루어스. 그러나 올해는 2위까지 치고 오르며 내심 포스트 시즌을 꿈꾸고 있었다. 어쩌면 브레이브스와 닮은 꼴의 팀이었다.

현재 중부지구의 팀 순위는 컵스가 1위, 그 다음이 브루어스였고, 우승환의 카디널스가 3위, 레즈가 4위, 파이리츠가 반 게임 차이로 꼴찌를 마크하고 있었다.

"헤이, 황운비!"

불펜으로 향할 때 어디선가 한국말이 들려왔다. 윌리 윤과 함께 걷던 운비가 돌아보았다. 운비를 막아선 건 제프리 테임즈였다. KBO에서 뛰다가 이번 시즌에 합류한 선수로 메이저리그를 뒤흔드는 괴물 타자…….

초반부터 심상치 않았지만 지금은 빅 리그 최고의 관심을 받는 선수였다. 홈런부터 타점까지 그는 모든 분야에서 탁월한 활약을 펼치며 스포트라이트를 받고 있었다. 심지어는 도핑테스트까지…….

그런데, 이런 괴물은 내셔널 리그에만 있는 게 아니었다. 양키스 역시 마이너에서 올라온 애런 조이라는 괴물이 홈런을 펑펑 쏴대고 있었다.

"안녕하세요?"

운비도 반가이 인사를 했다. 한국 프로야구에서 같이 뛴

건 아니지만 그래도 반가웠다.

"요즘 방방 날고 있다며?"

테임즈의 말은 영어로 바뀌었다.

"테임즈가 그렇다고 들었어요."

운비도 영어를 구사했다.

"시즌 첫 경기 때 봤었는데 그때는 인사도 못 했어. 나도 리그 적응하느라 바빠서 말이야."

"저도 그랬네요."

"8승?"

"홈런 1위를 먹은 적도 있으시죠?"

"잘해보자고."

테임즈가 악수를 청해왔다. 기꺼이 그 손을 잡았다. 테임즈는 애정 어린 미소를 남기고 돌아섰다.

"여유 있네."

윌리 윤이 웃었다.

"테임즈? 굉장한 활약을 하고 있잖아."

"그러게. 올해 브루어스, 테임즈 안 데려왔으면 어쩔 뻔했어. 덕분에 여기 단장도 목에 힘 좀 주는 모양이더라."

"스턴스 단장이 나서서 영입을 했다면서? 다수의 반대를 무릅쓰고……."

"그 사람도 인물이야. 테임스의 스트라이크존 인식 능력을 알아본 거지 뭐."

"흐음… 내게는 별로 반가운 말이 아닌데?"

"쳇, 네가 늘 하는 말 있잖아? 그렇다고 10할을 치는 건 아니거든. 어제까지 0.366?"

"인간이 아니네요."

"방어율 2점대 초반의 너는?"

"나는 오늘이 중요해."

"그렇지. 승도 챙겨야 하고 짐도 챙겨야 하고……."

"비행기 표하고 여권은 형이 가지고 있지?"

"걱정마라. 안 되면 내가 차 몰고 직접 코리아까지 달려갈 거니까."

"When chickens fly?"

운비는 딱 어울리는 영어 표현 하나를 써먹었다.

"I think I am almost between jobs."

"백수 될 거 같다고? 그렇기야……."

"오, 이젠 영어도 수준급이라니까. 진짜 통역 자리 불안해지네."

"그럼 나한테 잘 보이든지."

운비는 웃으며 불펜에 들어섰다.

"헤이, 황!"

레오는 벌써 장비를 갖추고 기다리고 있었다. 그는 늘 그랬다. 불펜 안에서의 그는 두말할 필요도 없이 퍼펙트한 배터리였다.

운비의 루틴은 브루어스 홈구장에서도 변하지 않았다. 인시아테의 리크까지도 이제는 루틴의 일부가 되었다. 오늘 선발 포수로 출장하는 스즈키와 마지막 제구를 조율하고 리크 냄새를 맡았다. 행운을 바라는 건 아니었다. 그저 인시아테의 마음이 고마울 뿐.

"오랜만에 등판이지?"

마스크를 벗은 레오가 물었다.

"예, 몸이 근질거려서 혼났어요."

"오늘은 아무 생각도 하지 말고 던져."

레오의 마지막 조언은 다른 날과 달랐다.

그 말에 얼마나 많은 의미심장함이 담겨 있는 지, 이때는 감을 잡지 못한 운비였다.

'테임즈, 피나, 브라운, 밴디, 그리고 쇼우……'

운비는 배터리 미팅에서 들은 유의할 타자들을 상기시켰다. 4할의 불방망이 피나. 빅 리그 최고 성능의 전천후 폭격기로 변한 테임즈.

운비는 더그아웃으로 들어왔다.

"황, 코리아에 다녀온다고?"

부상에서 회복된 프리먼이 물었다.

"네. 같이 갈래요?"

"음… 가서 자갈 삼겹살의 원조라는 해변을 보고 싶기는 하지만……."

"올스타전이 더 중요하죠?"

"미안, 어쩌면 황이 나가야 할 자리였을 텐데……."

"그런 말 말고 홈런이나 한 방 날려줘요. 쾅!"

"리크 먹고 힘내서?"

"그래도 되고요."

"황, 나도 쿠바 간다."

프리먼 뒤에서 리베라가 고개를 내밀었다.

"진짜?"

"그래. 너만 갈 줄 알았냐? 의리 상실한 자식……."

"가면 동생에게 안부 전해줘라."

"아, 윤서에게 내 안부도… 악!"

넉살을 떨던 리베라가 비명을 지르며 돌아보았다. 뒤통수를 갈긴 사람은 인시아테였다.

"리베라, 네가 왜 윤서에게 안부를 전하는데?"

"아, 진짜… 나는 인시아테가 사귀기 전부터 윤서랑 알고 지내는 사이라고요."

"다 지난 얘기야. 누구든 윤서에게 집적거리면 알지?"

"그렇게 윤서, 윤서 할 거면 코리아로 가는 황에게 홈런이나 한 방 쏴주든가."

"한 방 가지고 되겠어? 한두 방은 갈겨줘야지."

리베라가 궁시렁거리자 프리먼이 거들고 나섰다. 주변의 선수들이 한바탕 신나게 웃었다. 운비는 테니스공을 누르며 브루어스의 스타팅 멤버를 보고 있었다.

1번 타자: 비야(2B)

2번 타자: 제프리 테임즈(1B)

3번 타자: 케인 브라운(LF)

4번 타자: 마르코스 페레즈(RF)

5번 타자: 트랜트 쇼우(3B)

6번 타자: 에릭 밴디(C)

7번 타자: 루카스 브록톤(CF)

8번 타자: 코리 앤더슨(P)

9번 타자: 클레이 아르시아(SS)

브루어스의 선발투수는 3선발로 불리는 코리 앤더슨이 나왔다. 그에 대한 평가는 현지 중계석에서 잘 설명해 주었다.

"올스타 브레이크를 앞두고 마지막 3연전입니다. 의미가 있는 경기죠?"

브루어스의 중계석에는 백발의 밥과 리버링이 앉아 있었다.

그들은 테임즈를 인터뷰하는 금발의 리포터를 보고 있었다. 브레이브스의 리사를 연상케 하는 미녀였다.

"그렇습니다. 이 3연전 깔끔하게 스윕하고 후반기를 맞았으면 좋겠군요."

"오늘 선발진은 어떻습니까?"

"브레이브스는 루키 에이스로 불리는 황이 나오는군요. 8승을 올린 루키 최대어로 신인왕 후보에 가장 근접한 선수 중의 하나입니다."

"최근 발목 부상으로 쉬었죠?"

"그게 변수가 될 겁니다. 원래 루키들이라는 게 한번 어긋나면 쉽게 컨디션을 찾지 못하거든요."

"거기에 비해 브루어스의 선발은 코리 앤더슨입니다."

"앤더슨의 구력도 오래된 편은 아니지만 루키 티는 벗었죠. 좋은 승부가 되리라 봅니다."

"황의 주 무기는 커터로군요. 배트를 많이 부러뜨리기로 악명이 높죠?"

"황의 커터는 리그 최상위급에 속합니다. 패스트 볼과 같은 구속, 같은 회전, 같은 투구 폼으로 던지기 때문에 타자들이 포인트를 맞추기 어렵다고 합니다."

"브루어스에게도 그럴까요?"

"전반기 마지막 3연전입니다. 홈경기인데다 팀 분위기가 최고 아닙니까? 반면에 브레이브스는 지구 1위까지 치고 올라갔다가 내려온 마당이라 기세 측면에서 브루어스가 유리합니다. 게다가 황은 부상으로 2주 가까이 결장했지요. 실전 감각이 떨어졌을 수도 있습니다. 오늘 앤더슨의 체인지업이 제대로 떨어지고, 테임즈가 일찌감치 한 방 갈겨주기만 하면 1차전을 쉽게 가져갈 수 있다고 봅니다."

중계석의 희망 사항을 안고 경기가 시작되었다.

브레이브스의 선공.

오랜만에 제대로 짜여진 타순으로 임하는 경기였다. 분위기도 좋았다. 리드오프로 나선 인시아테가 2구를 당겨 안타를 만들어낸 것. 리베라 역시 기막힌 손목 스냅으로 각이 큰 커브를 쳐내 안타를 생산했다.

노아웃 1, 2루.

기대감 폭발 직전에 스완슨의 총알 타구가 유격수 아르시아에게 잡히고 말았다. 유격수 사관학교로 불리는 베네수엘라 출신의 아르시아. 과연 명수비였다.

한 김이 빠진 후에 켐프의 우익수 플라이가 나왔다. 인시아테는 3루까지 갔지만 프리먼의 후속타가 침묵했다. 투아웃 1, 3루로 끝난 브레이브스의 1회 초였다.

1회 말, 운비가 마운드에 섰다.

수호령이 나왔다.

'안녕.'

가만히 인사를 했다. 다른 날과는 감회가 달랐다. 오랜만의 등판 때문일까? 내일 아침 비행기로 한국에 가기 때문일까? 수호령도 그 마음을 아는지 한참을 하르르거리다 사라졌다.

타석에 클레이 아르시아가 들어섰다. 브루어스에서 내일의 리드오프로 키우는 선수. 그 가능성을 인정한 건지 최근에는 종종 리드오프로 들어서고 있었다. 초구 커터가 날아갔다. 공은 브러시백 피치라도 던진 것처럼 거의 타자를 맞출 뻔했다.

"……!"

공을 놓은 운비, 한동안 아뜩한 눈빛으로 홈을 바라보았다. 불펜에서 미트에 꽂던 것과 달랐다. 릴리스 포인트도 좋았는데 최종 타점이 험하게 변한 것이다.

'포심.'

낌새를 챈 스즈키가 편안하게 던질 수 있는 공을 요구했다. 그 공 또한 미트에서 조금 빗나갔지만 다행히 타자의 방망이가 돌았다. 공의 윗부분을 친 아르시아의 타격은 알비에스의 글러브에 막혔다.

'힘 빼.'

스즈키가 두 팔로 공기를 누르는 시늉을 해보였다.

호흡을 고르는 동안 타석에 제프리 테임즈가 들어섰다. 풍성한 수염을 휘날리며 배트를 조율하는 테임즈. 타격 전 분야에서 걸출한 타자답게 무게감이 느껴졌다. 브루어스의 타격을 무력화시키기 위해서는 반드시 기선을 제압해야 하는 선수. 괴물로 불리는 테임즈와 빅 유닛 운비의 한판 승부가 시작되었다.

테임즈.

KBO에서 인생 역전을 이루며 빅 리그에 입성했다. 그의 몸값은 4년 계약에 옵션을 포함해 무려 2,200만 불을 상회하고 있었다. 그의 개선된 장점은 스트라이크존 파악 능력이었다. 그것은 곧 나쁜 공을 버리고 좋은 공을 골라 친다는 뜻. 그렇기에 타율도 홈런 수도 고공 행진을 하는 것이다.

거기에 더해 스윙의 궤적에 변화를 주었다. 전에 하던 다운 스윙을 버리고 수평 스윙으로 전략화한 것. 구석구석을 찌르는 빅 리그 투수들에게 대응하기 위한 그만의 개선법이었다. 그리고, 이 전략은 기가 막히게 들어맞고 있었다.

'뭘로 간을 볼까?'

스즈키가 사인을 보내왔다. 그의 손가락은 다양한 사인을 만들며 운비의 선택을 기다렸다.

'커터로 가죠?'

'초구 커터?'

'포심 뿌려요?'

'시원하게 그게 좋지 않을까?'

'제 생각은 커터예요.'

'괜찮겠어?'

스즈키의 질문은 컨트롤이었다. 오늘 운비의 컨트롤은 조금씩 엇박자를 그리고 있었다.

'믿어보세요.'

'나야 언제나 황을 믿지. 그럼 시작해 보자고.'

스즈키가 포구 자세를 취했다. 타석의 테임즈는 다부져 보였다. 눈빛 또한 성성하게 살아 있었다. 그래. 언제나 그런 눈빛이었다. 타격이 활황세에 있는 타자들의 눈은……

운비는 알고 있었다. 그러나 피하지 않았다. 투수와 타자는 항상 수 싸움과 기 싸움을 한다. 타자에게 자신감을 심어주는 순간, 투수는 그 어떤 위닝샷을 던지더라도 얻어맞게 되어 있다. 그 또한 야구의 매력이자 불가사의였다. 야구에 기(氣)라니……

손에 묻은 송진 가루를 조금 불어낸 운비가 와인드업에 들어갔다. 하체의 탄력을 상체로 전달한 운비는 그 힘을 모아 초구를 뿌렸다.

"볼!"

주심의 콜은 김이 빠졌다. 콜드 존을 노린 공이 한 개 반 정도 빠진 것. 테임즈는 미동도 하지 않았다. 그래도 2구째 들어간 커터는 스트라이크존에 걸렸다. 용서 없이 방망이가 나왔다. 테임즈는 컨디션이 좋다. 좋아도 너무 좋다. 그렇기에 방망이가 반응한다. 그대로 두면 스트라이크라는 걸 아는 까닭이었다.

짝!

공은 파울이 되었지만 배트는 손잡이 바로 위에서 박살이 났다. 손잡이만 달랑 쥔 테임즈가 운비를 향해 엄지를 세워 보였다. 커터를 인정하는 것이다.

'3구는?'

다시 포수와 운비의 사인 교환이 시작되었다.

'커터요.'

'……?'

'커터……'

운비의 눈빛은 완강했다. 이제 조금 나아진 제구력. 감을 찾은 듯싶어 원하는 대로 미트를 대주었다. 운비의 3구는, 2구와 거의 같은 존으로 날아들었다.

짝!

다시 테임즈의 방망이가 돌았지만 이번에도 결과는 같았다. 공은 1루 쪽으로 파울볼이 되어 굴러갔고 방망이는 두 쪽이 났다.

"……!"

다른 건 테임즈의 눈빛이었다. 긴장감이 확연하게 배었다.

생각이 많아진 동공이었다. 그래서 그런지 이번에는, 운비에게
엄지를 세워주지 않았다.

4구!

정석대로 오프스피드 피치를 하나 날려주었다. 벌컨 체인지
업으로 떡밥을 뿌린 것. 그 또한 공 두 개쯤 존을 벗어나 버
렸다. 테임즈는 돌부처의 모습이었다. 그의 선구안이 탁월하
다는 입증이었다.

'포심?'

스즈키가 운비를 바라보았다. 운비를 고개를 저었다.

'또 커터?'

되묻는 스즈키의 등골에 찬바람이 불었다. 황운비… 루키
다. 8승을 올렸다지만, 리그 투수들 가운데 정상급의 투구를
한다지만 아직 어렸다. 게다가 2주 가까이 쉬면서 초반 스트
라이크존 포인트가 흔들리고 있는 중. 그런 그가 스스로 해답
을 찾아가고 있었다. 이럴 때보면 흡사 빅 리그 20여 년 물을
먹은 노땅처럼 보였다.

'이놈은 한다면 하는 놈……'

스즈키가 모를 리 없었다. 어떤 타자건 찍어놓으면 어떻게
든 저격하는 운비였다. 그 저격수 스나이퍼의 총구가 지금, 테
임즈를 겨냥한 것. 그 테마는 커터였다. 다른 공에 비해 비교
적 꽂히고 있는 커터. 오늘의 주 무기를 살린다는데 반대할

안방마님은 없었다.

'오케이, 해보자고!'

볼카운트 2—2.

같은 구종을 눈에 익히게 한다는 부담감이 있지만 상황이야 매번 변하게 마련이었다. 글러브 안에서 그립을 잡은 운비, 오직 하나의 존을 향해 5구를 뿌렸다.

"와아앗!"

기합 소리가 마운드를 울렸다. 동시에 테임즈의 배트도 매섭게 돌았다.

짝!

소리는 나지 않았다. 또다시 커터. 테임즈 역시 작심하고 노렸지만 공은 방망이를 지나가고 말았다.

"……."

우르릉!

테임즈의 동공에 소리없는 지진이 일었다.

RPM…….

모를 리 없는 전략이었다. 테임즈 역시 운비를 연구하고 나왔다. 그의 커터와 포심은 매번 진화한다. 타자에 따라 폭을 맞춘다. 언젠가 한 번은 오직 포심으로 상대편 핵심 타자를 뭉갠 적이 있었다. 그때 운비의 전략이 바로 상향 RPM이었다. 1,500—2,200—2,800의 순으로 회전수를 올려 상대 타자를

무장해제시킨 것. 그런데 오늘 던진 커터… 경이롭게도 그 역
순이었다.

2,000—1,800—1,500……

테임즈는 타자. 따라서 같은 공을 보면 더 빠르게 대처하
려는 본능이 생긴다. 컨디션이 좋기에 더욱 그랬다. 운비는 그
공식을 역이용했다. 회전수를 높인 게 아니라 오히려 낮추어
완전하게 타이밍을 빼앗은 것이다. 테임즈는 고개를 절레절레
흔들며 더그아웃으로 돌아갔다.

7. 괴물 타자를 넘어라 II

'좋았어.'

운비는 주먹을 불끈 쥐었다. 회전수를 역으로 낮춘 건 제구력 때문이었다. 불행하게도 다른 구종들은 목표 지점에서 빠지는 상황. 그나마 커터만은 대충 목표점을 찍고 있기에 자구책을 쓴 것뿐이었다. 궁한대로 응용한 전략이 통한 것이다.

3번 타자 비야는 패스트 볼을 주종으로 상대했다. 1구는 존에서 멀었지만 2구는 존에 걸쳤다. 3구를 당긴 그의 공은 3루수 앞 땅볼이었다. 1회 말을 그렇게 막았다. 마운드를 내려오는 그에게 일부 팬들이 기립박수를 보내주었다. 잘나가는 테임즈를 삼진으로 잡은 데 대한 성원. 하지만 운비의 마음은 밝지 않았다. 여전히, 커터 이외의 공은 높거나 낮은 것이다.

"헤이, 황."

스즈키가 그 앞을 막아섰다.

"왜요?"

"얼굴 좀 보려고?"

"송진 가루 묻었나요?"

"아니, 머리 쓰는 게 중늙은이 같아서……."

"조크죠?"

"조크·절대 아님. 테임즈에 대한 선택… 기가 막혔어. 막히면 돌아가는 그 대처 능력 말이야."

"고마워요. 제 선택을 받아줘서."

"그런 말은 레오에게 하라고."

"레오?"

"엊그제 게임 없는 날에 같이 맥주 한잔했는데 레오도 그러더라고. 황의 감은 미스터리한 마력이 있는 것 같으니 웬만하면 받아주라고."

"뭐 미스터리까지야……."

"아무튼 테임즈 말이야, 등골이 서늘했을 거야. 눈빛 보니까 딱 보이더라고."

"다행이네요."

운비는 의자에 자리를 잡았다. 브레이브스의 타석에는 알비에스가 들어서고 있었다. 헛스윙에 이어 볼을 골라낸 알비에스. 3구로 들어온 체인지업에 손이 나가지 않았다. 앤더슨의 체인지업은 나름 정평이 있는 공. 알비에스는 유리한 카운트를 점령했다. 4구는 횡으로 변하는 투심이 들어왔다. 뒷다리에 중심을 제대로 받쳐둔 알비에스의 배트가 궤적을 쫓아갔다.

짝!

경쾌한 타격음과 함께 공이 직선으로 날아갔다. 투수가 재빨리 수비 자세를 갖췄지만 공은 발등 옆으로 새나갔다. 비야의 대시도 무위로 돌리며 공은 중견수 앞까지 굴러갔다. 약간의 행운이 따른 안타였다. 하지만 뒤를 이은 스즈키가 우익수 플라이로 분루를 삼키며 찬물을 끼얹었다. 다노 역시 체인지업에 방망이가 나가 땅볼이 되었다. 그나마 알비에스가 2루까지 진루한 게 다행이었다.

투아웃 2루.

타석에 운비가 들어섰다. 앤더슨은 손가락에 침을 묻히고 운비를 쏘아보았다.

'쉬어가는 타자.'

투수가 타석에 들어서면 상당수 상대 투수들은 그렇게 생각했다. 일부 타격에 강한 투수가 있지만 전체적으로는 적극

성이 없는 까닭이었다. 운비가 비록 간간히 짭짤한 타격을 하고 있다지만 그래봤자 투수. 앤더슨은 잘나간다는 루키의 기를 죽이고 싶었다. 여기는 브루어스의 홈. 적어도 여기에서는 누가 마운드의 킹인지 각인시켜 주고 싶은 것이다.

초구는 몸 쪽으로 붙이고 2구는 체인지업으로 카운트를 잡았다. 투낫씽. 이제는 운비를 서서히 유린할 차례였다. 적어도 공 세 개의 여유가 생긴 것이다.

3구는 또다시 체인지업이었다. 운비는 좌타자. 특히 좌타자에게 잘 통하는 바깥쪽으로 휘어져 나가는 공. 그걸 운비가 골라냈다. 공 반 개 차이의 볼이었다.

'운 좋은 놈.'

주심의 아웃 콜을 기대하던 앤더슨의 눈가에 주름이 잡혔다.

두 개의 체인지업이 거듭 날아들었다.

'패스트 볼.'

타석의 운비는 앤더슨의 투구 폼을 분석하고 있었다. 신성 시력의 또렷함으로 꿰뚫은 투수의 구종. 이번 공은 확실히 패스트 볼이었다.

부욱!

타이밍을 잡던 운비의 배트가 바람을 가르며 돌았다.

짝!

소리와 함께 공은 또다시 투수 쪽으로 날아왔다. 재빨리 팔을 뻗지만 닿지 않았다. 알비에스의 공과 반대 편, 그러니까 유격수 쪽으로 살짝 치우친 공이었다. 아르시아가 어쩔 도리도 없이 공은 또 한 번 중견수 앞으로 굴러갔다. 그사이에 알비에스는 홈을 밟았다. 적시타로 타점을 올린 운비는 1루에서 팔을 번쩍 들어보였다. 꿩 대신 닭이라더니 마운드에서 애를 태우다 안타를 때린 운비. 기분이 조금씩 풀리기 시작했다.

"뒈!"

기분을 잡친 앤더슨은 침을 뱉고 인시아테를 맞이했다. 하필이면 상대투수의 적시타로 선취점을 내준 것이다. 그 때문일까? 초구와 2구가 잇달아 볼 판정을 받았다. 멘탈에 실금이 간 모양이었다. 인시아테라면 그런 캐치 정도는 할 짬밥이었다. 그래도 3구는 그냥 흘려보냈다. 노리는 공이 아니었다. 하지만 4구에는 가차가 없었다. 앤더슨이 자랑하는 체인지업을 통타한 것.

짝!

공은 포물선을 그리며 솟구쳤다. 첫 타석보다 약간 밋밋하게 가라앉는 걸 놓치지 않은 것이다. 늘 그저그런 팀 컬러였지만 그래도 수비는 준수한 편에 속하는 브루어스. 우익수 페레즈가 공을 따라 뛰었다. 공은 펜스를 직격하고 페레즈의 글러브에 들어왔다. 단숨에 몸을 돌린 페레즈가 홈을 향해 공을 뿌렸다. 3루를 돈 운비가 홈에 이르고 있었다. 운비는 빅 유닛을 탱크처럼 날리며 슬라이딩으로 들어갔다.

"아!"

중계석과 더그아웃에는 감탄과 신음이 뒤섞였다. 브레이브스 더그아웃도 고개를 저었다. 척 봐도 아웃 타이밍이었다.

주심은 포수와 운비를 주시했다. 그리고 주먹을 쥐려던 팔을 수평으로 저으며 세이프를 선언했다. 타이밍상 아웃이었지만 육탄공세에 밀린 포수가 공을 놓치고 만 것이다.

"와아아!"

브레이브스의 더그아웃에 함성이 일었다. 리베라가 뛰어나와 운비 가슴에 머리를 박아대며 축하 세리머니를 합작했다.

2 대 0.

탑 하나를 더 쌓은 브레이브스였다.

3회…….

4회…….

이닝이 흘러갔다. 운비는 브라운과 쇼우, 밴디에게 안타를 허용했지만 산발이었기에 점수는 내주지 않았다. 어깨는 여전히 뻑뻑했다. 1회보다는 나아졌지만 미트와의 불협화음은 여전했다.

5회 말, 운비는 다시 테임즈와 맞서게 되었다.

이번에는 앤더슨의 볼 배합을 벤치마킹해서 써먹었다. 초구와 2구를 연속 체인지업으로 꽂은 것이다. 다소 김 빠진 표정의 테임즈가 운비를 바라보았다.

볼카운트 투 볼.

이닝은 어느 새 5회 초. 브루어스도 이쯤에서 분위기 반전이 필요했다. 자칫 7, 8회로 넘어가면 오늘 경기를 넘겨줄 판이었다.

3구로 들어간 포심은 간신히 존에 꽂혔다. 테임즈도 패스트볼을 노린 스윙이었지만 무브먼트를 맞추지 못했다. 다른 날과 달리 제 멋대로인 무브먼트. 그게 오히려 도움이 된 운비였다. 다시 4구. 사인을 받은 운비가 공을 뿌렸다. 커터였다.

짝!

테임즈의 배트가 돌았다. 볼카운트가 유리하게 되자 노리는 공에 배트가 나온 것. 일단 부러진 배트는 홈 플레이트와 마운드 중간에 떨어졌다. 공은 이상한 포물선을 그리며 포수와 3루수 사이의 공간으로 낙하했다. 3루를 책임진 다노가 잡았지만 던질 수 없었다. 집요한 타격으로 내야안타를 만들어내는 테임즈였다.

1 대 1.

운비와 테임즈의 대결 성적이었다. 첫 타석에서는 운비가 이겼지만 지금은 테임즈의 판정승이었다. 기분 나쁘지 않았다. 최선을 다한 결과는 겸허히 받아들였다. 그라운드는 넓었고, 공은 어디든 굴러갈 수 있도록 둥글었다.

3번으로 나온 비야는 삼진으로 잡았다. 그의 스윙은 간결
하지만 인내심이 부족했다. 높은 패스트 볼에 방망이를 휘둘
러준 것이다.

원아웃 1루.

테임즈를 1루에 두고 브라운과 상대했다. 브루어스 핵심 타
자의 하나. 그는 몇 년간 잔부상이 많았다. 손가락을 다치고
등을 다치고… 그러나 이제 부상에 대한 보상이라도 받으려는
건지 맹타의 시즌을 맞이한 브라운이었다. 한때는 MVP로도
뽑혔던 리그의 대표 선수. 다만 약물복용 전력으로 인해 지난
성과를 송두리째 평가절하 받고 있는 차였다.

―체인지업.

―커터.

―포심.

3구까지의 볼 배합이었다. 다행히 체인지업에 방망이가 나
오고 커터는 헛스윙. 포심을 파울로 만들면서 볼카운트는 투
낫씽이 되었다.

투낫씽.

투수가 한숨을 돌리는 카운터다. 잘하면 삼구 삼진까지도
가능한 최상의 상황이었다.

'커터?'

스즈키의 사인을 받은 운비, 거침없이 4구를 뿌렸다.

'쉿!'

공이 손을 떠나는 순간 운비는 아차 싶었다. 유리한 볼카운트 때문에 서두른 느낌을 받은 것이다. 이럴 때의 불길한 예감은 언제나 정직하다.

짝!

브라운의 배트가 벼락처럼 돌았다.

다행히 공은 배트 중심을 피했다. 공은 우측 라인선상을 쭉 따라가다가 펜스 가까운 곳에서 라인 위에 떨어졌다. 수비 범위가 넓은 리베라로서도 도리가 없는 공이었다. 그래도 펜스 플레이가 좋았다. 덕분에 테임즈는 3루에서 급 브레이크를 밟았다. 리베라의 강력한 어깨를 의식한 브루어스의 선택이었다. 원아웃에 1, 3루. 모양 나쁜 결과가 나오고 말았다.

'괜찮아. 천천히……'

스즈키가 운비를 진정시켰다.

타석에는 페레즈가 들어섰다.

'커터.'

스즈키의 미트가 내려갔다. 오늘 제일 안정된 구종. 낮은 커터로 내야 땅볼을 노리려는 것이다.

"뽀올!"

초구는 타자 몸 쪽으로 너무 몰아치는 통에 볼이 되었다.

타자는 몸을 빼며 배트를 거둬들였다.

'포심 하나 박아주고 갈까?'

다음 공으로 체인지업을 던지기 위한 포석.

'투심은 어때요?'

운비가 역제의를 했다.

'뭐 그것도……'

스즈키가 포구 자세를 취했다. 운비의 2구는 횡으로 휘어 가는 투심이었다.

짝!

페레즈의 방망이가 돌았다. 3루수가 튄 공을 잡았지만 파울 판정이 난 후였다.

'아깝네.'

'그렇죠?'

'투심은 자리를 찾고 있으니 포심도 하나 꽂아보자고.'

'그러죠.'

운비의 시선과 스즈키의 미트가 일치했다. 페레즈의 콜드 존이었다. 무릎에서 가장 가까운 존. 킥을 한 운비가 3구를 날렸다.

뻑!

페레즈의 배트가 나왔지만 닿지 않았다. 미트질 소리는 운비의 마음을 후련하게 만들었다.

'이제 체인지업 타임이야.'

'……'

'괜찮겠어?'

'까짓것 죽기 아니면 살기죠.'

운비가 웃었다. 여전히 뭔가 녹이 슨 듯 뻑뻑한 제구. 하지만 줄창 커터만 던질 수는 없는 일이었다. 신중하게 호흡을 한 운비가 공을 뿌렸다. 제구를 의식하다 보니 다소 밋밋하게 떨어졌다.

페레즈의 배트가 돌았다. 한 손을 놓으며 따라 나온 배트는 기어이 공을 맞췄다. 스완슨이 유격수 깊은 위치에서 몸을 날려 공을 막았다. 탄력으로 두 발을 더 나간 스완슨, 점프로 몸을 뒤틀며 공을 뿌렸다. 공과 타자의 발은 거의 동시였다.

아웃?

세이프?

모든 시선이 1루심에게 쏠렸다.

"아웃!"

아슬아슬하게 아웃이 선언되었다. 운비가 숨을 돌리려는 순간, 브루어스 더그아웃이 폭발했다. 그들의 시각으로는 세이프라는 것. 결국 챌린지가 신청되었다.

챌린지……

시간이 오래 걸리지는 않는다. 하지만 투수 입장에서는 그리 빠른 것도 아니었다. 아쉽게도 판정이 번복되었다. 페레즈의 발이 먼저 베이스를 찍었다는 판정이었다. 스완슨이 반 박자만 빨리 돌았더라면, 하는 아쉬움이 드는 장면이었다.

투아웃 2, 3루가 되어야 할 상황이 원아웃 만루로 변했다. 헤밍톤이 윌리 윤을 동반하고 그라운드로 들어왔다.

"사무국 짜식들 말이야 눈알이 삐었지."

헤밍톤이 웃었다.

"한국에서는 썩은 동태 눈깔이라고 표현하죠."

윌리 윤의 통역에 운비가 조크를 던졌다.

"특히 겨울에 별미죠."

"이번 겨울에 한국에나 가야겠어. 편하게 던져, 리드하고 있는 건 우리라고."

헤밍톤은 몇 마디 농담을 나눈 끝에 더그아웃으로 돌아갔다.

타석에 트랜트 쇼우가 들어왔다. 그도 최근 타격감이 나쁘지 않은 선수였다. 원래는 레드삭스에 몸담고 있던 타자. 전반기에 하이를 찍다가 후반기에 로우를 찍는 전형적인 전강후약파였다. 하지만 올해는 다를 수 있었다. 대개 이적을 하면 뭔가 보여주기 위해 2% 더 최선을 다하기 때문이었다.

더구나 그는 최근 5경기에서 0.308의 타격에 6개의 타점을 올리고 있었다. 전체적인 위압감은 테임즈나 브라운에 비할

바가 아니지만 클러치 능력이나 시프트 사이로 공을 굴리는 능력은 녹슬지 않았다.

브레이브스 코칭스태프는 수비 시프트를 발현시켰다. 외야를 두어 발씩 불러들인 것. 만약 외야 플라이가 나온다면 홈에서 승부를 걸겠다는 이야기였다.

'긴장할 거 없어. 하던 대로만 하자고.'

스즈키가 사인을 보내왔다.

'그러게요.'

'오히려 잘됐잖아? 이제 겟투 한 번이면 이닝 끝이야.'

'그러게요.'

'포심, 한 방 날려봐. 이제 제대로 들어올 거야.'

스즈키의 미트가 자리를 잡았다. 긴장. 그 긴장이 커지자 오히려 담담해지는 운비였다. 숱한 위기에 봉착해 보았던 운비. 그렇기에 위기를 즐기는 성향이 에너지로 변한 것이다. 운비는 기꺼이 스즈키의 기대에 부응해 주었다. 부드러운 관절과 채찍처럼 휘어지는 왼팔. 이전의 공들과는 달리 무념무상의 포심이 날아갔다.

쾅!

미트에 천둥이 쳤다. 헛스윙을 한 쇼우의 미간이 확 일그러졌다. 오늘 던진 공 중에서 가장 빠르고 가장 안정된 제구의 패스트 볼이 꽂힌 것이다.

'좋았어.'

공을 던져주는 스즈키의 표정이 밝아졌다.

무념무상…….

바람에 날리는 송진 가루를 따라 레오의 말이 스쳐갔다.

"오늘은 아무 생각도 하지 말고 던져."

그제야 알았다. 레오가 본 오늘의 운비. 2주 가까운 결장으로 실전 감각이 떨어져 있었다. 그 미세함을 레오는 알았다. 그래서 처방을 준 것이다. 그것도 운비의 자존심을 건드리지 않는 범위에서.

'역시 레오…….'

볼펜을 보며 찡긋 윙크를 날렸다. 마음이 가벼워지며 어깨 속의 안개 또한 말쑥히 녹아내리는 게 느껴졌다.

2구로 체인지업을 선보인 운비. 3구를 앞두고 스즈키의 미트를 바라보았다. 주자들은 죄다 긴장하고 있었다.

원아웃 만루.

제대로 터지면 대량 득점이오, 자칫하면 더블플레이로 무득점이 될 공산도 큰 찬스였다. 그렇기에 타자의 저항도 끈질겼다. 쇼우는 세 개의 파울을 쳐내며 연봉값을 하고 있었다.

'포심!'

이럴 때는 차라리 무력시위가 좋았다. 스즈키는 타자 어깨 높이의 패스트 볼을 원했다. 눈에서 가장 가까운 공, 방금 전에 들어온 위력이라면 헛스윙을 유도할 수 있을 것 같았다.

"와앗!"

기합을 담은 운비의 포심이 날아갔다.

빡!

스윙과 함께 공이 미트에 들어갔다. 정말이지 스핀을 먹은 미사일처럼 정확하게 목표점에 꽂힌 공이었다.

"아웃!"

주심의 주먹이 어퍼컷처럼 뻗으며 콜을 했다.

'오케이.'

운비 또한 주먹을 불끈 쥐며 소리없이 포효했다. 이제는, 완전하게 감을 찾은 운비였다.

투아웃!

주자들은 움직이지 못했다. 헬멧을 눌러쓰며 들어선 타자는 포수 에릭 밴디였다. 브루어스의 포수는 올 시즌 전면 교체된 상태였다. 과거 브루어스의 안방을 지키던 루쿠로이와 말도라도가 다른 팀으로 옮겨갔다. 그 자리를 굳건히 지키고 있는 밴디. 그리고 한 방의 꿈이 없을 리 없었다. 더구나 타율만 놓고 보면 테임즈나 브라운에게도 밀리지 않는 고타율이었다.

그의 선택은 초구였다.

스트라이크를 잡으러 들어간 154㎞/h의 포심. 그걸 노린 것이다.

짝!

소리와 함께 공이 쭉쭉 뻗어나갔다. 중견수 켐프가 뒤돌아 뛰었다. 방향을 가늠하며 몇 발을 더 뛰었다.

"더, 더!"

운비가 외쳤다. 궤적으로 보아 이삼 미터는 더 날아갈 공이었다. 켐프는 몇 발을 헤매다 낙구 지점에 판단 착오를 일으켰다. 황급히 돌아서며 글러브를 내밀었다. 엉겁결에 공을 잡았지만 떨어뜨리고 말았다. 수비 시간이 길어질 때 더러 연출되는 판단 착오였다.

"……!"

브레이브스 응원석은 패닉에 빠졌다. 중견수 플라이로 종결될 수 있었던 이닝. 그러나 주자들을 줄줄이 홈을 밟고 있었다.

3점 헌납.

그사이에 밴디는 3루까지 뛰었다. 중계를 받은 스완슨이 공을 던졌지만 밴디의 발은 안전하게 베이스에 닿아 있었다.

"와아아!"

브루어스 응원석이 펄펄 끓어올랐다. 역전이었다. 단숨에 3 대 2로 승부를 뒤집은 것이다. 더 속상한 건 방금 전의 타

구가 안타로 처리되었다는 사실. 3점은 꼼짝없이 운비의 자
책점이 되었다.

바람…….

이럴 때 뒷머리를 간질이는 바람은 참 야속하다. 모자를 벗
어 머리카락을 누른 후에 다시 썼다.

'그래…….'

―내 잘못이야.

―마음만 급했지 컨디션 관리에 문제가 있었어.

―이제야 제구가 제대로 되고 있잖아.

운비는 켐프를 향해 손을 들어주었다. 괜찮다는 사인이었
다.

8번으로 나온 브록톤은 맞춰잡기보다 삼진 쪽을 택했다.
스즈키도 동의해 주었다. 3점을 내주었지만 이닝을 깔끔하게
매조지하려면 그게 좋았다. 다행히 삼진을 잡았다. 베스트 스
터프, 즉 위닝샷은 벌컨 체인지업이었다.

3 대 2.

순식간에 분위기는 브루어스로 넘어가고 말았다. 다행히 5회
말 반격에서 프리먼의 솔로 홈런이 터져주었다. 3 대 3 균형을
맞추며 경기는 후반으로 이어졌다.

'오케이, 이제부터 진짜 시작!'

몸이 풀린 운비, 가뜬한 마음으로 마운드를 밟았다.

공이 달라졌다. 그건 정말 딱 공 하나 차이였다. 그 시작은 9번 타자 앤더슨부터였고, 영점 조절을 끝낸 제구 포인트를 확인하는 시발점이었다.

쾅!

쾅!

쾅!

공 세 개가 벼락을 쳤다. 1, 3구는 커터였고 2구는 포심이었다. 스피드건에 158km/h가 찍혔다.

"아, 이게 웬일입니까? 황이 살아나고 있습니다."

중계석에서 한숨이 새어나왔다. 투수 타석에서 그치길 바랐던 한숨은 리드오프 아르시아의 타석에서도 재현되었다. 아르시아까지 루킹 삼진으로 돌려세운 것이다.

"방금 커터의 회전이 얼마 나왔죠?"

"2,400을 찍었습니다."

"포심의 무브먼트도 보셨죠? 마치 몬스터가 휘두른 채찍의 끝처럼 꿈틀거렸습니다."

"우리 테임즈뿐만 아니라 황도 도핑테스트를 해야 하는 거 아닌지 모르겠습니다."

"하핫, 그건 물론 조크겠지만 저는 찬성합니다. 황은 정말 불가사의하군요."

"말씀드리는 순간, 테임즈의 타구 역시 황의 글러브 앞으로 굴러갑니다."

"커터에 완전히 당했군요. 타자 앞에서 각을 세우고 꺾였습니다."

"아쉽습니다. 황이 흔들릴 때 추가점을 내면서 완전히 밀어냈어야 하는데……."

중계석의 아쉬움을 뒤로 하고 브레이브스의 반격이 시작되었다. 운비의 호투에 고무된 스즈키가 선두 타자였다. 스즈키는 스피드가 조금씩 떨어지는 앤더슨의 2구를 당겨 우전 안타를 만들어냈다. 피터슨의 타석에서는 진루타가 나왔다. 원아웃에 2루가 된 브레이브스. 이제 한 방이면 역전을 이룰 수 있었다.

타석의 운비는 배트를 짧게 잡고 있었다. 벤치의 번트 사인은 없었다. 하지만 운비가 투수였기에 브루어스의 내야진들은 한발 전진 수비를 했다. 볼카운트 2—1에서 당긴 운비의 배트. 공은 2루수 키를 넘어가며 안타가 되었다.

원아웃 1, 3루.

역전 주자들을 놓고 인시아테가 타석에 들어섰다. 브루어스는 거기서 선발투수 앤더슨을 내렸다. 앤더슨의 뒤를 이은 셋업맨은 지미 토레스였다. 컷패스트 볼을 주 무기로 쓰는 투수로 백전노장이었다. 인시아테는 초구를 노렸다. 그 공이 제대로 맞았다. 공이 깊은 우전안타를 이루자 운비가 2루를 돌았다. 페레즈는 3루로 공을 뿌렸다. 거기서 공이 빠졌다. 운비는 그대로 홈까지 파고들었다.

5 대 3.

브레이브스의 역전이었다. 게다가 인시아테까지 2루에 진출한 상황. 가벼운 마음으로 들어선 리베라가 초대형 사고를 쳤다. 토레스의 5구를 당겨 담장을 넘겨 버린 것. 점수는 7 대 3으로 벌어졌다.

7회가 되자 브레이브스도 운비를 내렸다. 오랜만에 등판한 운비 보호 차원이었다. 이제 막 어깨 예열이 되던 운비로서는 아쉬웠지만 어쩔 수 없는 일이었다.

브레이브스 불펜은 1점을 주며 승을 지켜냈다.

7 대 4.

브레이브스가 3연전의 서전을 승리로 장식하는 순간이었다. 동시에 운비는 9승 반열에 올라섰다. 방어율은 다소 올라갔지만 대수롭지 않았다.

"레오!"

승리투수로서의 인터뷰를 마친 운비는 레오부터 찾았다. 그는 묵묵히 가방을 챙기고 있었다.

"황."

돌아보는 레오의 얼굴은 다소 쓸쓸해 보였다. 불펜 포수의 운명이었다. 지면 팀 분위기 때문에 쓸쓸했고 이겨도 불펜 포수와 감격을 나누는 선수는 많지 않았던 것.

"오늘도 덕분에 승을 챙겼어요."

"내가 뭘?"

"시치미 떼지 말아요. 레오야 말로 매의 눈을 가졌다니까요."

"다 황 덕분이야. 귀를 여는 사람만이 남의 조언을 들을 줄 알고, 난관을 극복할 능력을 가진 사람만이 어려움을 이겨내는 법이지."

"저 한국 가요. 며칠 못 볼 거예요."

"푹 쉬었다 와."

"레오도 잘 쉬고 있어요."

"오케이!"

레오가 가방을 둘러맸다. 운비를 바라보는 푸른 눈빛이 포근해 보였다.

"잘 다녀오라고."

인시아테도 인사를 잊지 않았다.

9승 3패. ERA 2.62로 빅 리그의 전반기를 마감한 운비였다. 무려 9승에 2점 후반대 방어율. 테헤란의 8승보다 1승이 많은 팀 내 다승 1위. 리그 전체에서도 상위권에 꼽히는 성적이었다. 동시에 신인상과 사이영상 후보에도 오른 운비…….

빅 유닛······.

비록 한 시즌의 절반에 불과하지만 우상이었던 랜디 존슨에 못지않은 활약. 섬 소년 빅 유닛의 꿈은 현실이 되어가고 있었다.

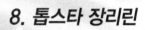

8. 톱스타 장리린

"황운비 선수, 모시게 되어 영광입니다!"

운비의 대우는 메이저로 처음 올 때와 달랐다. 그건 비행기에서도 알 수 있었다. 1등석에 오르자 기장이 직접 나와 인사를 했다. 그는 운비의 팬이었다. 그날 비행기에는 한국 최고 걸그룹의 리드 싱어로 불리는 톱스타 장리린도 있었다. 운비의 좌석에서 멀지 않았다. 운비는 조각 미녀 같은 그녀 못지않은 인기를 누렸다. 좌석에 착석한 운비는 대본을 꺼냈다. 며칠 전에 이메일로 들어온 광고 대본을 이제야 넘겨보는 운비였다.

"……!"

몇 장을 넘기던 운비의 시선이 확 얼어붙었다. 운비의 눈길은 저만치에서 헤드셋을 끼고 있는 장리린에게 고정되었다.

'맙소사!'

그 말만 거듭 나왔다. 그건 정말 맙소사였다. 부조화의 심장은 쉽게 진정이 되지 않았다.

"황운비!"

"황운비!"

익숙한 한글 연호가 들려왔다. 인천국제공항 입국장, 문이 열리자 신세계가 펼쳐지고 있었다. 수백 명의 팬클럽이 운집한 것. 그들 중에는 오랜만에 보는 반가운 얼굴도 많았다. 소야고 야구부 동창생들과 후배 야구부원들, 그리고 박 감독과전 코치 등이 그들이었다.

펑펑!

취재 카메라도 열기를 더했다. 기자는 대충 보아도 20여 명이 넘었다. 그들이 밝힌 조명은 마치 빅 리그의 야간 경기 라이트를 방불케 했다.

에이전트사의 주선으로 즉석 기자회견이 열렸다.

"황운비 선수, 9승을 축하드립니다. 빅 리그 첫해에 굉장한 개가인데 어떻게 생각하세요?"

기자들은 차례를 정해 질문을 퍼부었다.

"공 하나하나에 최선을 다했을 뿐입니다."

"1년 간 BFP 프로그램으로 훈련할 때 힘들지 않았습니까?"

"좀 힘들었죠."

"현재까지의 기록으로는 커쇼나 아리에타, 슈허저 등의 특급 선수들에게 크게 밀리지 않는데 후반기도 자신 있습니까?"

"열심히 하겠습니다."

"신인왕에 대한 포부는 어떻습니까? 이 추세라면 따놓은 당상이라고 보는 시각이 있는 데다가 사이영상 수상 가능성도 나오고 있던데……."

"정해진 건 아무것도 없습니다. 이번 시즌을 시작할 때 제가 유력한 신인왕 후보가 될 거라고 생각한 사람이 없었듯이 말입니다."

"팀 내에서 리베라와 단짝이던데 다른 절친도 많다면서요? 구체적으로 누구누구와 친분이 두텁습니까?"

"인시아테부터 토모, 프리먼까지… 다 동료니까요."

"리베라나 스완슨과 끝까지 신인왕을 다툰다면 행복한 고민이 될 것 같습니다. 어떻게 예상하나요?"

"시즌 막바지까지 그런 구도가 지속되기를 바랄 뿐입니다."

"마지막 질문권을 얻은 조규환 기자입니다. 브레이브스의 BFP 프로그램의 첫 수혜자이라 그 시스템까지도 각광을 받고 있는데 계약 때는 양키즈의 오퍼도 받았었지요? 팀 선택에 고민이 많았을 것 같은데 메이저리그 직행을 꿈꾸는 고교 야구 후배들에게 해주고 싶은 말은 무엇입니까?"

"첫째는 멘탈 터프니스, 즉 강한 정신력이 필요하고 팀과 궁합이 맞아야 합니다. 내가 가려는 그 팀의 칼라와 겹치는 포지션이 있는지 정도는 체크해야 할 것 같습니다. 그렇지 않으면 팀 컬러나 플래툰 시스템 등의 희생양이 될 수도 있으니까요."

"고맙습니다. 후반기 활약도 계속 기대합니다."

기자회견이 끝났다. 하지만 진짜는 그때부터 시작이었다. 운비 귀국 소식을 들은 덕배와 수찬, 철욱과 세형까지 야구부원들이 벼르고 있었다.

"으아아, 빅 리거 황운삐이!"

세형이 두 팔을 벌리며 달려들었다. 이제는 더욱 육중해진 세형. 운비는 슬쩍 몸을 틀어 공격적인 포옹을 피했다.

"야, 황운비!"

허우적거리다 일어선 세형이 빼액 소리를 질렀다.

"왜?"

"출세하더니 친구도 안 보이냐? 어디서 거절질이야?"

"쏘리, 난 미녀가 아니면 포옹 안 하거든."

"으헉, 진짜?"

"농담이다. 그러니까 좀 살살 하자, 응? 그게 뭐냐? 죽기 살기 홈 대시도 아니고……."

"오케이, 이렇게 말이지?"

세형은 그 틈에 운비를 안았다.

"으아, 좋다."

"뭐가?"

"메이저리거 냄새……."

"미친놈. 비행기에서 흘린 땀 냄새다. 땀 냄새."

"그래도 나는 좋아. 이 기를 받아서 나도 메이저리그 좀 가자."

"어이, 대충 하고 떨어지시지? 학교 졸업하니까 이젠 선배들도 안 보이냐?"

세형의 뒤에 선 철욱의 목소리에 경고등이 들어왔다.

"애들 많이 컸다니까."

용규도 한마디를 보탠다.

"아, 진짜… 여기서도 선배로 미는 거야? 내가 운비하고 제일 친했던 거 몰라요?"

세형이 항변을 했다.

"그건 네 생각이고."

용규와 선배들이 합창을 했다. 결국 세형이 밀려나고 말았다. 운비는 반가운 얼굴들과 일일이 악수를 나눴다. 그들 끝에서 손을 내민 사람, 바로 박 감독이었다.

"감독님!"

"보기 좋구나."

"다 감독님 덕분이죠 뭐."

"그럴 리가. 내가 네 덕분이지."

"코치님도 고맙습니다."

"왜 이래? 나도 네 덕분에 때 늦게 유명세 누리고 있는 판에."

"두 분 절 받으세요."

운비는 그 자리에서 감독과 코치에게 꾸벅 큰절을 올렸다.

"야야, 왜 이래?"

놀란 박 감독이 펄쩍 뛰었다.

"왜는요? 마운드에 서면서 한 번도 감독님을 잊은 적이 없습니다."

"짜식이… 미국에 살더니 립 서비스만 늘었나? 누가 보면 내가 진부하고 또 진부한 골통 보수인 줄 알겠다. 이런 데서 절이나 받고……."

"아무튼 고맙습니다."

운비는 한 번 더 고개를 숙였다.

"역시 너는 인간이 됐다니까. 앞으로도 계속 그런 각오로 살아라. 빅 리그에서도 반드시 최고 투수가 될 거다."

박 감독은 운비의 어깨를 힘차게 잡아주었다.

다음은 팬클럽과의 회동이었다. 사인을 해주고 기념사진을 찍고, 운비를 가운데 두고 운비의 빅 리그 주제곡도 합창을 했다.

"so sand up, for the champions."

팬들이 합창하자 지나가던 사람들도 일부 동참을 했다. 방송국 카메라는 여전히 돌아가고 있었다. 팬들이 불러주는 노래는 메이저리그 마운드에서 듣던 것과 감회가 달랐다. 괜히 콧날이 찡해지는 운비. 헛기침으로 눈물을 날려 버렸다.

부모님과 윤서는 그다음에야 차례가 왔다.

"어휴, 너 기다리다 오줌 쌀 뻔했다."

윤서가 엄살을 떨었다.

"미안."

"미안은 뭐가? 다 네가 잘해서 그런 건데… 윤서가 조금 기다리는 게 대수니?"

방규리는 운비 편을 들었다.

"엄마!"

"엄마고 뭐고 빨리 가자. 운비 피곤하겠다."

"알았어요."

차 키를 받아 쥔 윤서가 앞장을 섰다.

"운비야, 학교 들른다면서?"

세형이 뒤에서 소리쳤다.

"어."

"그럼 학교에서 만나자. 그때 맥주 한잔!"

"오케이, 맥주는 내가 쏜다."

"땡큐, 대신 무한 리필 알지?"

"얼마든지."

정답게 대꾸하고 차에 올랐다. 오랜만에 보는 얼굴들. 너무 반가워 밤이라도 지새고 싶지만 할 일이 있었다. 광고 촬영 스케줄이 먼저 잡힌 것이다.

"으아, 좋구나. 우리 집!"

집으로 돌아온 운비는 침대에 몸을 던졌다. 오랜만이지만 침대는 어제처럼 운비를 받아들였다. 몸을 편안하게 잡아주는 것이다. 침대에는 먼지 한 점 없었다. 방규리가 얼마나 신경을 쓰고 있는지 알 것 같았다. 테니스공과 야구공도 그 자리에 있었다. 잠자기 전에도 제구력 연습을 하던 운비. 화장실 문을 여니 미세 근육 단련기도 그대로였다.

"어머니, 저거 아직도 안 치웠어요?"

물을 내리고 나와 방규리에게 물었다.

"치우긴. 네게 필요한 건데……."

음식을 차리던 방규리가 웃었다.

"이제는 치워도 되요. 잘 와야 일 년에 한두 번인데 보기 싫잖아요."

운비는 식탁에 차려진 접시에서 김치를 집어 물었다.

"절대 보기 싫지 않거든."

방규리는 걱정 말라는 표정을 지었다.

푸짐하게 차려진 식탁을 두고 가족이 둘러앉았다.

"어이쿠, 운비가 더 큰 건지 의자가 작아 보이네?"

황금석이 의자를 보며 말했다.

"빅 리거 9승이시잖아? 의자도 메이저리거용으로 바꿀까? 아빠."

윤서가 의자를 바라보았다.

"일단 먹자. 비행기 기내식 그거 먹을 것도 없더라만……."

방규리는 맛난 음식을 전부 운비 쪽으로 밀어주었다.

"쳇, 완전 차별 대우네. 내 앞에는 풀밖에 없고……."

윤서가 칭얼칭얼 볼멘소리를 냈다.

"까불지 말고 운비 물이나 챙겨줘. 너도 운비 아니면 미국 생활이 가당키나 한 줄 알아?"

"엄마, 나 운비 아니어도 문제없거든. 초반에 운비 영어 챙겨준 게 누군데?"

"뭐, 그건 인정한다만……."

"그리고 지금 운비가 팀에서 인기 끄는 비결이 뭔 줄 알기

나 해?"

윤서의 목소리가 차츰 높아졌다.

"뭔데?"

"바로 나!"

"응?"

"거기 선수들이 다 내 미모에 홀딱 빠져서 운비한테 경쟁적으로 잘 보이려고 하고 있다고. 엄마 아빠는 알지도 못하면서……."

"운비야, 얘 말이 사실이니?"

방규리가 운비에게 인증을 요청했다.

"절반은 맞는 말 같네요."

"뭐가 절반이야? 그렇다면 그런 거지."

윤서는 불만이었다.

"인시아테가 누나에게 뻑 가긴 했어요. 덕분에 다른 선수들하고 친분 쌓는 데도 도움이 되고……."

"들었지?"

윤서 어깨에 힘이 들어갔다.

"그럼 엄마에게 고마워해야지. 그런 미모로 낳아준 게 누군데?"

조용하던 황금석이 결정적인 한마디를 날렸다.

"역시 당신은 내 편이라니까."

방규리가 웃었다. 운비 패밀리는 화목하게 식사를 했다. 화제는 넘치고 또 넘쳤다. 인시아테의 리크도 그랬고 신인왕 경쟁 과정도 그랬다. 나아가 최근에 다친 운비의 발목, 유명한 타자들과의 승부 장면… 중계방송을 꼬박꼬박 챙겨본 황금석과 방규리는 궁금한 게 너무나 많았다. 가족의 재회는 시간 가는 줄 모르고 깊어갔다.

"야, 황운비!"

식사가 끝나고 돌아온 운비의 방, 윤서가 밀웜환을 들고 따라 들어왔다.

"밀웜?"

"그래. 농장 사장님이 특별한 걸 먹여서 사육한 거란다. 너 주려고 따로 만들었다는데 이젠 돈도 안 받으셔."

"어, 진짜?"

"자기도 야구광인데 네 시합만 보면 삶의 의욕이 넘친다고……."

"고마우면서도 미안하네?"

"너 오면 사인 공 하나 받아준다고 했는데, 되지?"

"물론이지. 열 개도 문제없어."

"기왕이면 메이저 공인구로 해줄 수 없냐던데?"

"그것도 문제없지. 내 가방에 몇 다스 들었거든."

"공만 가져왔냐?"

"선물은 아까 줬잖아?"

"선글라스?"

"그거 나름 명품이야. 게다가 최신 신상이고."

"그거 말고 다른 건?"

"그럼 뭐? 누나 용돈 필요해?"

"야, 황운비!"

"뭐?"

윤서는 톡 내쏘고 운비는 탁 치받는다. 옥신각신하는 여느 남매와 다를 바 없는 풍경이었다.

"너 정말 몰라서 그래?"

"응."

"인시아테!"

"……?"

"그래도 몰라?"

"아, 인시아테?"

"진짜……."

"그래도 모르겠는데?"

"뭐?"

"보아하니 인시아테에게서 선물이라도 바라는 모양인데 꿈 깨셔. 인시아테는 그렇게 자상한 남자가 아니거든."

"그야 여자 하기 나름이지."

"푸헐, 자신감 쩐다."

"진짜 없어?"

"그렇다니까."

"알았어."

윤서는 시베리아의 찬바람을 일으키며 돌아섰다. 순간 운비가 그녀를 불렀다.

"누나!"

"왜?"

윤서의 목소리는 발작 직전이었다.

"선물은 없는데 전해달라는 건 있어."

"진짜?"

발작하던 목소리가 단숨에 가라앉는 윤서. 운비는 잔뜩 뜸을 들이며 작은 상자 하나를 내밀었다. 상자 안에는 리크 껍질을 말려 만든 팔찌가 들어 있었다. 색색의 염색물을 들여 오색을 이룬 소담한 팔찌였다.

"와아!"

팔찌를 본 윤서는 삑 간 얼굴이었다.

"인시아테가 자기 엄마에게 동영상으로 만드는 법을 배워서 만들었다더라. 다른 선수에게는 비밀로 해달라며……."

"인시아테가 이걸 직접?"

"누나, 잘하면 울겠다?"

"넌 야구만 잘하지 아직 어려서 이런 마음 몰라."

"그럼 이제 볼일 끝났으니까 그만 나가주시겠어요?"

"당연하지. 나도 이제 너한테 볼일 없거든."

윤서는 찢어질 듯한 입을 감추고 운비 방을 나갔다.

'저렇게 좋을까?'

다시 침대에 누웠다. 밥까지 먹으니 피로가 몰려왔다. 내일은 광고 촬영 시작. 대본은 이미 받아 보았다. 참고 사항에는 숙면을 취해달라는 말도 있었다. 얼굴이 피로하면 푸석해져서 화면발이 받지 않는다는 게 이유였다.

"······!"

대본을 생각하다 보니 다시 눈이 동그랗게 떠졌다. 화면발 때문이 아니었다.

'맙소사!'

운비는 비행기에서 하던 말을 다시 중얼거렸다. 대본을 확인했다. 그건 착각이 아니었다.

'맙소사.'

다시 한번 그 말이, 저절로 나왔다.

오전 9시 반.

운비는 그제야 잠에서 깨었다. 질리도록 잔 모양이었다. 정든 침대에서 자서 그런지 몸이 개운했다. 기지개를 켜며 목욕

실로 향했다.

"챔피언……."

등판 주제곡을 흥얼거리며 문을 열었다. 순간 나른한 수증기 속에서 비명이 울려 나왔다.

"꺄악!"

놀란 운비는 일단 문을 닫고 나왔다. 그런데 가만 생각해 보니 그건 윤서의 비명이었다. 지금 장난하나? 나한테 웬 비명? 다시 문을 열었다.

촤악!

운비에게 물벼락이 몰아쳤다.

"뭐야?"

운비는 물에 젖은 채 고개를 들었다.

"뭐긴 뭐야? 빨리 안 나가? 나 샤워 중이잖아?!"

"그러니까 뭐냐는 거지? 언제는 수건 가져와라, 발수건 깔아놔라 하며 아무렇지도 않게 시켜먹더니……."

"시끄러워. 그때는 그때고 지금은 지금이지."

"누나, 그날이야?"

촤악!

다시 물벼락이 이어졌다. 그날은 아닌 모양이었다. 하긴 윤서, 그날이라고 운비에게 까탈스럽지도 않았다. 그런데 갑자기 왜 변한 걸까?

"누나……."

윤서가 나올 때 운비가 물었다.

"뭐?"

"이거 원래 누나 성격 맞아?"

운비는 물벼락 테러를 당한 자기 몸을 가리켰다.

"닭아. 미안해."

윤서가 수건을 던졌다.

"내 말에 대답 안 했거든."

"그냥… 원래 여자 몸은 아무나 보는 거 아니야."

"응?"

"그렇다고."

"내가 아무야?"

"사랑하는 사람은 아니잖아?"

"쿨럭!"

그제야 감이 왔다. 이 여자, 사랑에 빠졌다. 그것도 살짝이 아니고 흠뻑 빠졌다. 물론 그 대상은 인시아테가 분명했다.

'흐음… 그렇단 말이지.'

운비도 샤워를 했다. 찬물을 틀었다. 머리를 타고 내려오는 시원함이 정신 줄을 탱탱하게 잡아 세우는 것 같았다. 사랑에 빠지면 여자가 변한다. 그런 말을 듣기는 했었다. 하지만 아직 진짜 사랑 한번 못 해본 연애 초보 운비. 그래도 눈치는 있기에 감을 잡았다.

'인시아테가 그렇게 매력이 있나?'

나름 콧대 높은 윤서. 대체 그의 어디에 빠진 걸까? 에라, 내가 알게 뭐냐. 콧노래를 흥얼거리며 샤워를 마쳤다.

"준비 끝."

오늘도 운짱을 자처한 윤서가 거수경례로 운비를 맞았다. 조금 전 각을 세우던 모습과는 달리 원래의 누나로 돌아와 있었다.

"광고 회사에서 차 보내준다고 했었는데 그거 타고 갈 걸 그랬나?"

방규리가 시계를 보며 중얼거렸다.

"엄마, 우리 운비가 보통 사람이에요? 그러니 운전은 나처럼 세심한 사람이 해야……."

"그래서 하는 말 아니니? 너 도로에서 열받으면 꼭 조폭처럼 굴더라."

"엄마!"

윤서의 짜증 작렬과 함께 집을 나섰다.

"이쪽으로 오시죠."

촬영에 임하기 전에 광고주와의 미팅이 있었다. 윤서와 방규리는 대기실에 두고 운비 혼자 실장을 따라나섰다. 30대 초

반의 실장은 여자였다. 크게 화려한 의상도 아니지만 세련미
가 줄줄 흘러 보였다. 세상의 유행을 창조하는 광고회사. 거기
도 빅 리그처럼 신세계였다. 운비에게는…….

"대본 보셨어요?"

복도를 걸으며 실장이 물었다.

"네? 네……."

"장리린 씨 아세요?"

"네? 아, 그게……."

"하긴 잘 모를 수도 있겠네요? 워낙 운동만 하는 분이니."

실장이 걸음을 멈추고 웃었다.

"예……."

"원래는 장리린 씨만으로 가려던 콘셉트였는데 광고주께서
황 선수를 보게 되었나 봐요. 이게 커리어 우먼들을 주 소비
층으로 노리는 차량 모델인데 황 선수와 함께하면 최상의 홍
보가 될 것 같다고 신신당부하는 통에 접촉하게 된 거예요."

"예……."

"광고는 처음이죠?"

"네……."

"세트하고 차량에 대한 촬영은 이미 다 끝냈으니까 오래 걸
리지 않을 거예요."

말하는 사이에 귀빈실에 닿았다. 실장은 짧은 노크를 두 번

하고 문을 열었다.

"오 회장님, 황운비 선수 도착했습니다."

실장의 말과 함께 60대의 푸근한 회장이 눈에 들어왔다.

"오, 황 선수!"

오 회장은 운비를 반갑게 맞아주었다.

"앉아요. 이거 박 리그 마운드를 휘어잡는 대선수를 만나게 되어 영광입니다."

"영광은 제 몫이죠. 기회를 주셔서 감사합니다."

"무슨 말씀… 황 선수가 여간해서는 광고에 나서는 사람이 아니라기에 노심초사했는데 인연이 되어 다행입니다."

"네에……."

"부상이 있었다는데 몸은 어떤가요?"

"보시다시피……."

"하긴 엊그제 등판에서도 승을 올렸다고 들었어요. 그, 메이저 한 경기의 승리가 돈으로 따지면 몇백억이라지요?"

"저는 그런 건 잘 모릅니다."

"아무튼 대단합니다. 게다가 이제 팔팔한 스무 살. 나는 그 나이에 겨우 대학 들어가서 막걸리 타령이나 하고 다녔거든요."

"별말씀을……."

"그런데 이렇게 국위 선양을 하고 있다니… 아, 미국에서는 내 이름보다 황 선수 이름이 더 유명합디다."

"과찬이십니다."

"아닙니다. 아무튼 정말 반갑습니다. 이걸 기회로 앞으로 자주 뵙기를 바랍니다. 나도 미국 자주 가거든요."

"예……."

"아, 장리린 씨는?"

오 회장이 고개를 들었다.

"곧 도착한다고 했는데……."

실장이 시계를 보았다. 그와 거의 동시에 노크 소리가 들렸다.

"온 모양이네요."

실장이 문을 바라보았다. 여직원이 문을 열자 화사한 동화한 편이 들어섰다. 요정이라도 해도 될 만큼 매혹적인 장리린. 전체적으로 라인이 드러나는 몸매와 이미지는 비행기에서 일부만 본 것과는 비교할 수 없을 정도로 매력적이었다.

"어서 와요."

오 회장이 장리린을 반겼다. 둘은 이미 인연이 있는 사이였다. 오 회장 기업의 광고를 두 편이나 찍은 장리린이었다.

"여기 황운비라고 요즘 미국 메이저리그를 들었다 놨다 하는 빅 스타. 서로 인사 나눠요."

실장이 운비와 장리린 사이에서 말했다.

"안녕하세요?"

장리린이 흰 이를 드러내며 웃었다.

"아, 예… 안녕하세요?"

운비도 얼떨결에 인사를 받았다.

"저랑 같은 비행기 타고 오셨죠?"

장리린이 운비를 바라보았다.

"같은 비행기? 어머, 그러고 보니 리린도 뉴욕에 화보 촬영 갔었지?"

실장이 말했다.

"네, 제 인기는 저리가라더라고요. 비행기에서도 공항에서도……."

"오, 그러니까 두 사람이 우연히 만났다? 그것도 하늘에서?"

오 회장도 관심을 보였다.

"예."

"이야. 이거 이번 광고 무조건 대박이야. 벌써 시나리오가 그렇게 가잖아? 안 그래, 이 실장?"

오 회장은 흔쾌한 반응을 보였다. 하긴 그것도 쉽지 않은 우연이었다. 한 번도 본 적 없는 장리린. 그런 스타를 비행기에서 만나다니. 그리고 그 여자가 바로 운비의 광고 촬영 파트너라니. 그래서 맙소사였다. 운비가 꿈에도 생각지 못한 일이었다.

맙소사.

다시 한번 맙소사…….

"자, 다들 바쁠 테니 기념사진이나 한 장 찍고 바로 촬영 들어가세요."

오 회장이 자리에서 일어섰다. 그는 운비와 장리린을 좌우에 거느리고 기념사진을 찍었다. 운비와 장리린만 커플로 해서도 찍어주었다. 그 사진은 운비 핸드폰으로도 바로 전송이 되었다.

"바로 여기가 포인트입니다. 황운비에게 운명처럼 끌리는 장리린. 만유인력의 법칙처럼 안기는 장리린. 그로 인해 이 자동차가 모든 직장 여성에게 기대감과 함께 운명적인 선택이라는 암시를 주는 겁니다."

촬영에 앞서 간단한 배경 설명이 시작되었다. 스튜디오는 넓었다. 운비는 슈트를 갖추고 있었고 장리린은 하늘거리는 원피스 차림이었다. 정말이지 확 품에 안고 엎어지고 싶은 이미지였다.

대본은 아주 간단했다.

1) 여자가 고풍스러운 유럽풍 가로등 아래 서 있다.
2) 자동차가 도착한다.
3) 슈트를 입은 운비가 내린다.

4) 운비가 장리린 옆을 걸어간다.

5) 가로등 아래의 고혹적인 장리린, 운명처럼 운비에게 끌린다.

6) 세 걸음을 지나던 운비, 장리린과 거의 동시에 돌아본다.

7) 장리린이 운비에게 홀린 표정을 짓는다.

8) 운비는 아이언 마스크라는 마운드의 별명처럼 무표정하다.

9) 장리린이 우아하게 달린다.

10) 운비와 장리린의 시선이 닿는다.

11) 둘이 여신과 남신처럼 지척의 거리에서 마주본다. 눈은 이미 서로를 원하고 있다.

12) 장리린이 운비의 품에 안긴다.

13) 장리린을 가뿐하게 안은 운비가 자가용을 향해 걸어간다.

14) 달리는 자가용과 운비의 역동적 투구가 함께 보여진다.

15) 운비와 장리린이 도도하게 나란히 서서 포즈를 취한다.

차량에 대한 화면은 이미 촬영이 끝난 상태. 관건은 포옹 장면이었다. 메이크업을 손보고 의상을 준비한 상태에서 촬영이 시작되었다. 첫 NG는 당연히 운비의 몫이었다. 차에서 내리는 것부터 부자연스러웠다. 장리린 옆을 걸어가는 것도 쉽지는 않았다. 광고나 영화에서 보던 세련된 워킹. 그건 우습게 볼 일이 아니었다.

"잠시 휴식!"

카메라 감독이 외쳤다.

"어휴, 우리 운비 공은 잘 던지는데 워킹은 왜 그래? 꼭 서울 구경 처음 하는 촌뜨기처럼?"

운비보다 윤서의 조바심이 더 컸다.

"아, 누군 뭐, 하기 싫어서 그래? 잘 안 되는 걸 어쩌라고?"

"너 장리린한테 쫄았냐?"

"뭐?"

"무시해. 쟤 별거 아니야. 얼굴도 다 공사로 만든 거고."

"누나가 어떻게 알아?"

"얘, 그거 상식이다. 연예인치고 몸에 손 안 댄 사람 있는 줄 알아?"

"있을 수도 있지."

"자연 미인은 이미 다 사망 신고 접수됐어. 그러니까 확 무시하고 자신감 있게 나가. 남자는 여자 의식하면 몸 굳는다. 야구도 그렇잖아?"

"그건 공감."

"그래. 바로 그거야. 넌 잘할 수 있어. 내가 보기엔 장리린보다 네가 천 배는 더 낫거든. 솔직히 너 올해 10승 투수만 되면 연봉도 천문학적으로 받을 거잖아? 장기 계약 잘하면 1억 달러 나올 거라는 예상도 있더라."

1억 달러?

돈은 아직 관심 밖이었다. 하지만 더 이상 자신 때문에 NG가 나는 건 싫었다. 마운드의 자존심이 슬슬 촬영장에서도 나타나는 시작했다.

그게 자극이 되었을까? 이어진 촬영은 술술 잘 풀려 나갔다.

"오케이, 바로 그거야."

"나이스, 감정 표현 기막히네."

"이야, 황 선수, 전생이 배우였나? 바로 적응하시네?"

감독의 칭찬이 이어졌다. 그건 곧 촬영 과정이 쫙쫙 풀려 나간다는 신호였다.

그리고… 마침내 촬영의 클라이맥스에 도착했다. 포옹 장면이었다. 여기서는 별수 없이 NG가 속출했다. 처음에는 나긋한 몸매 때문이었다. 장리린의 허리가 손에 닿자 전기가 왔다.

짜릿!

진심이었다.

그걸 극복하자 이번에는 심장마비가 찾아왔다. 그녀의 가슴 볼륨 때문이었다. 윤서의 가슴도 몇 번이나 보았던 운비였다. 윤서의 몸매도 어디 가서 빠지지 않으니 장리린의 가슴이 그보다 더 특별할 리도 없었다. 그런데도 달랐다. 그 물컹함이 적나라하게 느껴지자 운비는 '브러시백 피치'를 받은 타자처럼 휘청거리며 물러났다. 결국 네 번 만에야 그 신을 넘어갔다. 운비의 등에는 이미 홍수가 난 후였다. 클라이맥스를 넘어가니 다른 건 크게 문제가 되지 않았다.

촬영이 끝나자 이례적으로 즉석 체크에 들어가는 촬영팀이었다. 그 또한 운비 때문이었다. 운비의 방한 일정은 1주일. 그러나 다른 스케줄이 있기에 자동차 촬영장에만 잡아둘 수 없는 까닭이었다.

"일단은 오케이입니다. 저녁에 바로 광고주에게 최종 오케이 올리고 추가 촬영 등을 결정하겠습니다."

관계자들은 흡족한 표정을 지었다. 이유가 있었다. 운비의 표정은 세련되지 않았지만 그게 오히려 여심을 자극할 수 있다는 판단이었다. 많은 여자들은, 닳고 닳은 남자보다 순수한 남자에게 모성애를 느낀다는 말이었다.

"수고했어요."

이 실장이 운비에게 손을 내밀었다.

"고맙습니다."

"NG는 몇 번 났지만 처음 찍는 분 치고는 훌륭했어요. 황선수, 예능 나가도 되겠던 걸요?"

"그런 말 마세요. 지금도 어쩐지 심장이 더부룩한 거 같은

데⋯⋯."

"그게 대박이라는 거예요. 제 직감인데 이 광고, 수정 안 나올 거예요. 황 선수의 그 순수함은 우리 전문가들도 미처 예상치 못한 포인트거든요. 마운드에서의 야성적인 모습만 생각하다가⋯⋯."

"그래요?"

"이럴 줄 알았으면 1안으로 갈 걸 그랬네."

이 실장이 혼잣말로 중얼거렸다.

"1안요?"

"원래는 키스신이었거든요. 그런데 아무래도 황 선수와 장리린의 키 차이 때문에 약간 어색할 거 같아서 바꿨던 건데⋯⋯."

우워어, 키스신⋯⋯.

운비는 휘청거리는 정신 줄을 겨우 제자리로 돌렸다. 장리린과의 키스? 그거라면 열 번도 넘게 NG가 날 수도 있었다. 그럼 키스를 열 번도 넘게 하는 건가? NG 때문인지, 키스 상상 때문인지 겨우 안정을 찾은 심장이 더 답답해져 왔다.

키스⋯⋯.

장리린과?

그걸 바꿨다고?

푸헐⋯⋯.

나쁜 이 실장…….

…이 아니었다.

엘리베이터를 타는 운비를 실장이 부른 것이다.

"황운비 선수."

"예?"

운비가 돌아보았다.

"혹시 시간 좀 되요?"

"왜 그러시죠?"

"우리 장리린이 차 한잔하고 싶다고……."

"저하고요?"

"안 될까요?"

"장리린 씨가 왜?"

"덕분에 촬영이 일찍 끝났다고 시간 괜찮으면 야구 얘기 좀 해달라고요."

"……."

"바쁘시면 그냥 가셔도 돼요."

이 실장이 웃었다. 운비는 시계를 보았다. 그냥 본능적 행동이었다. 오늘은 자동차 광고를 찍는 스케줄만 있는 날. 야구 얘기 몇 마디 못 해줄 운비가 아니었다.

"잠깐만요."

운비는 자동차에서 기다리는 윤서에게 문자를 보냈다. 그런

다음 이 실장 뒤를 따라갔다.

"여기예요. 들어가 보세요."

이 실장이 대기실 하나를 가리켰다.

"예?"

뭐라고 말할 사이도 없이 실장이 문을 열었다. 운비의 등까지 밀었다.

"어머!"

야구공을 만지던 장리린이 돌아보았다. 그녀의 손에 들린 건 운비가 사인해 준 공이었다. 오 회장에게 줄 때 그녀도 원했었다.

"앉, 앉으세요."

그녀의 볼에도 복숭아꽃 홍조가 활짝 피었다. 카메라 앞에서는 여왕처럼 세련되어 보이던 장리린. 그러나 텅 빈 공간에 운비와 단둘이 되자 스물두 살의 평범한 아가씨일 뿐이었다.

"야구 얘기 듣고 싶다고 하셨나요?"

운비, 그녀 앞에 선 채로 물었다.

"예… 사실 황 선수하고 같이 촬영한다기에 메이저리그 경기 영상을 보았어요. 우와, 진짜 짱이더라고요."

"정말요?"

"네, 저는 보기만 해도 무시무시한 미국 선수들을 그냥 사정없이 아웃, 아웃, 아웃!"

그녀는 심판처럼 아웃 콜을 외치더니 운비를 바라보며 웃었다.

"헤헷, 내가 너무 오버했나요?"

"아뇨. 심판하셔도 잘하겠는데요?"

"정말요?"

"대신 다른 선수들이 경기에 몰입하기는 좀 힘들겠어요."

"왜요?"

"지금처럼 그렇게 입고 콜을 하면……."

"어머!"

놀란 그녀가 원피스 자락을 쓸어내렸다.

"아무튼 앉으세요."

장리린이 운비 팔을 당겼다. 그 바람에 그녀의 볼에 떠 있던 홍조가 운비 볼에 전염되었다. 그래도 촬영 때처럼 떨거나 버벅거리지는 않았다. 주제가 야구였기 때문이었다. 다른 건 몰라도, 야구라면 자신이 있었다.

"이게 커터란 말이죠? 황 선수가 메이저를 휩쓸고 있는?"

장리린이 운비가 알려준 커터 그립을 쥐어보며 물었다.

"휩쓰는 건 아니고요."

"어머, 너무 겸손하시다. 우리 매니저 말이 황 선수 정도면 굉장한 거라고 하더라고요. 그대로 2, 3년만 나가면 나 같은 건 쳐다도 못 볼 움직이는 대기업이라고……."

"그럼 메이저리그 야구 선수는 누굴 쳐다보고 사나요?"

"할리우드 스타들 정도? 실제로도 많이들 그런다고 하던데 요?"

"난 할리우드보다 한국 사람이 더 좋거든요."

"저는 어때요?"

"예?"

"어머, 놀라는 것 좀 봐. 농담이에요."

"예……."

"아유, 손가락 아파. 난 잠깐 잡고 있는 것도 힘드네요."

장리린은 손가락에 쥐었던 공을 내려놓았다.

"여자라서 그렇죠 뭐."

"아니에요. 우리 멤버 하나가 프로야구 시구에 나갔었는데 생각보다 어렵다고 하더라고요. 걔, 나흘이나 연습했는데 막 상 시구장에서는 포수 중간까지도 던지지 못했거든요."

"네……."

"아쉽다."

"뭐가요?"

"같은 비행기 타고 왔잖아요? 황 선수가 이렇게 좋은 사람 인 줄 알았으면 긴 시간 같이 얘기 나누며 오는 건데……."

"저는 지금도 좋은데요, 뭐."

"저도요."

장리린은 몸을 굽혀 운비에게 가까워졌다. 그녀의 눈동자가 확 다가오자 환상 밀려오는 것 같았다. 연예인들은 다 이렇게 예쁜 걸까? 갑자기 노아웃 만루에 몰린 채 절대 열세를 보이는 강타자라도 맞이한 듯 가슴이 물컹거렸다.

그녀는 정말 야구에 관심이 많았다. 메이저리그의 운영 방식이나 전용 비행기, 숙소 호텔의 식사 등에 대한 호기심이었다. 인사로 묻는 게 아니기에 설명할 때마다 '어쩜', '어머', '좋겠다' 등의 반응을 보이며 귀를 기울였다.

그때 그녀의 전화기가 울었다.

"어머, 벌써 시간이 이렇게 되었네?"

핸드폰을 확인한 그녀가 화들짝 놀랐다. 일어나야 할 시간이 되었다는 거, 여자 경험이 없는 운비지만 알 수 있었다.

시간……

시간이라는 놈은 언제나 이렇다. 힘겨울 때는 지긋지긋하게도 가지 않지만 아쉽거나 좋은 분위기일 때는 총알처럼 지나간다. 지금도 그렇다. 체감 시간은 한 10분 정도 지난 것 같은데 실은 1시간 하고도 30분이나 지나 있었다.

"저, 황 선수 전화번호 따도 돼요?"

가방을 챙기던 그녀가 물었다.

"그건 문제없지만 바로바로 받거나 답장을 보내지는 못해요."

"그건 나도 마찬가지니까 괜찮아요. 늦더라도 답만 해주면 땡큐죠."

"그렇다면……."

운비가 장리린의 핸드폰을 받았다. 거기 자신의 전화번호를 찍었다.

"진짜 연락할 거예요. 진짜 답해주셔야 해요."

"네."

"아, 그런데 혹시 그거 아세요?"

자리에서 일어난 장리린이 물었다.

"뭐요?"

"우리 광고 대본 말이에요. 원래는 다른 장면이 있었대요."

"……."

"지금 생각하면 그 대본이 더 좋았을 것도 같은데……."

"……!"

"몸 건강하시고 잘 쉬었다 돌아가세요. 만나서 반가웠어요."

엘리베이터 안에서 장리린이 손을 내밀었다. 그 하얗고 눈부신 손가락을 운비가 잡았다. 어쩐지 빨려들 것 같지만 운비는 정신 줄을 잡아 세웠다.

15… 11… 8… 4… 2…….

엘리베이터는 미사일처럼 1층에 닿았다. 선글라스를 쓴 그녀는 가만히 손을 들어 보이고, 아무 일도 없는 듯 매니저에게로 걸어갔다. 다른 사람들이 우르르 엘리베이터로 다가오면서 그녀의 향기도 흩어져 버렸다. 운비는 손을 코로 가져갔다. 아직 장리린이 애틋하게 남아 있었다. 그녀의 향은 오롯했다.

'장리린……'

실은 나도…….

1안이었으면 더 좋았을 것 같네요.

퍽!

혼자 생각할 때 등짝에 번쩍 벼락이 떨어졌다.

"아야!"

어깨를 잡으며 돌아섰다. 거기서 핏대를 올리고 있는 건 윤서였다.

"누나!"

"야, 너 여기 있으면서 내 문자 씹은 거야?"

"문자?"

"얘가 이제 아주 멍까지 때리네. 내가 얼마나 걱정한 줄 알아?"

"걱정은 왜? 내가 차에서 기다리라고 했잖아?"

"그것도 잠깐이지. 두 시간이 다 되어가거든?"

"그랬어?"

"뭐야? 너 그 표정… 누구한테 테러당했어?"

"무슨 테러?"

"얘 아무래도 이상하네? 너 병원에 가야 하는 거 아니야?"

"됐으니까 차나 가져오시죠. 저는 아무렇지도 않습니다."

운비는 윤서의 등을 밀었다. 그사이에 문자가 들어왔다.

'장리린?'

윤서 몰래 화면을 열었다. 메시지의 주인공은 세형이었다.

—짬 나면 연락해. 언제든 놀아줄게. 미애도 너 졸라 보고 싶단다.

세형의 메시지가 반짝거렸다. 첨부 사진으로 전송된 장미애 사진도 반짝거렸다. 둘이 정답게 찍은 사진을 보니 좋아 보였다. 실눈의 이세형. 다른 건 몰라도 여자에 대해서는 운비를 훌쩍 앞서 가고 있었다.

'얘들은 몇 번이나 같이 잤을까?'

엉뚱한 생각을 할 때 차량 경적이 울렸다.

빵빵!

윤서였다. 그녀가 악을 쓰기 전에 운비가 먼저 뛰었다.

"가시죠, 세상에서 가장 멋진 우리 누나!"

조수석에 앉은 운비, 립 서비스로 자진 납세를 했다. 눈을 할기시 흘긴 윤서는 피식 웃으며 가속기를 밟았다. 백미러 뒤로 모든 게 밀려갔다. 난생 처음 찍은 광고, 그리고 난생 처음 대한 스타와의 아련한 시간들까지……

쏴아아!

미는 힘은 파도가 최고다. 수면을 미끄러지는 바람도 신이 났다. 두 시간 후, 운비는 여객선 위에 있었다. 혼자였다. 윤서를 선착장 주차장에 두고 혼자 배에 탄 것이다. 촬영이 일찍 끝난 덕분이었다.

끼룩!

갈매기가 다가왔다. 새우깡을 사서 손끝에 쥐었다. 갈매기들이 날아와 채간다. 실수를 하거나 손가락을 무는 일도 없다. 그들의 먹이 채기는 깔끔한 제구력에 다름 아니었다. 산뜻하게 먹이 확보에 성공한 갈매기의 부리 색은 노랑이 진했다.

운비의 목적지는 소야도였다. 이 배를 타고 들어가 이 배를 타고 나올 생각이었다. 배가 다른 섬을 들렀다 나올 것이므로 시간상 맞춤한 스케줄이었다.

곽승우 아버지 곽민규…….

전화번호가 바뀌어 있었다. 운비는 담담했다.

빅 유닛…….

어쩌면 그들의 꿈이었다. 곽민규와 김수아… 그 두 사람의 꿈이 곽승우에게 있었고, 곽승우는 황운비의 몸을 빌어 꿈을 이루었다.

단 한 순간이라도 랜디 존슨처럼.

그 꿈 또한 이루었다. 하지만, 알고 있었다. 그들과의 인연은 이미 오래 전에 갈렸다는 걸. 곽민규에게 고백하던 날, 그가 외면하던 순간, 곽승우는 죽고 황운비가 되었다. 철저한 황운비가……

다시 소야도로 가는 건 미련 때문이 아니었다. 이제 완전한 황운비로 살고 있지만 그래도 한 번은 보고 싶었다. 알려주고 싶었다. 당신들이 꿈꾸던 그 꿈이 이루어졌다고.

소야도의 바람은 여전히 순했다. 아담한 섬을 돌아 김수아의 묘지에 닿았다. 이제는 어엿한 성인이 된 운비. 소주를 따르고 절을 했다. 주머니에 고이 가져온 공을 꺼내놓았다. 운비가 첫승을 올릴 때 던지던 공 중 하나였다. 거기 사인을 했다.

—곽승우.

—황운비.

두 개의 사인을 하고 무덤 앞의 흙을 팠다. 공은 그 안에 넣었다. 엄마라면, 김수아라면 다 알아줄 일이었다. 그녀는 늘 수호령으로 함께 있고 저 하늘에 살고 있으니까. 하늘에 사는 사람은 지상의 모든 것을 이해할 수 있으니까.

게임기를 눌러보았다.

삑삑!

여기서도 불이 들어올 기미는 없었다. 잡풀 몇 개를 뽑고 봉분을 쓰다듬고, 다시 큰절을 올렸다. 어쩌면 이제는, 다시 오지 못할 지도 몰랐다. 무덤에서 내려오는 길, 바람은 더욱

순하게 운비 볼을 쓰다듬었다.

—승우야, 잘했어.

—엄마는 네가 자랑스러워.

—운비야, 잘했어.

—네 선택이 옳아.

—엄마는 늘 네 편이야.

바람의 풀어놓은 소리였다.

콧날이 시큰해졌지만 울지 않았다.

나는 빅 유닛이니까.

저분들도 원할 테니까.

바닷바람에 사위어가는 곽민규의 집을 바라보았다. 트럭은 없었다. 지금도 어딘가의 섬을 돌고 계시겠지. 그 섬의 여자들이 다 자기를 좋아한다는 위대한 착각 속에⋯⋯.

건강하세요.

그 집을 향해서도 절 몇 번을 잊지 않았다.

한국행.

광고도 광고지만 이 장면이 머리에 들어 있었다. 빅 유닛으로 선 메이저리그. 거기서 올린 9승. 그 마음을 한 번 만이라도 전하고 싶었던 운비였다. 그랬기에 이제는 홀가분했다.

다음 날 촬영도 일사천리였다. 은행 광고는 많은 시간이 필요하지 않았다. 그들에게 필요한 건 운비의 개척정신, 압도적인 파워, 숱한 빅 리그 스타들에게도 꿀리지 않는 멘탈의 이미지였다.

"도전하는 황운비, 도전하는 발해은행!"

마지막 멘트는 몇 번 반복 녹음을 했다. 그게 애로일 뿐이었다.

촬영이 끝나고 첫 방문지는 당연히 소야고였다. 예정보다 2시간 빠른 도착이었다. 운비는 조금 먼 곳에서 내려 걸었다.

딱!

딱!

타격 소리가 들려왔다.

"헛둘, 헛둘!"

한 쪽에서는 구보 소리도 들려왔다. 그 소리를 듣자 걸음이 빨라졌다. 그저 제구 하나로 버티던 시절. 황운비가 되어 야생마처럼 적응하던 시간. 그리고 마침내, 제구를 갖추며 도약하던 시기. 공비고와 북인고를 부수고 고교 정상 팀들을 하나하나 작살내던 시절. 마침내 국가대표가 되어 아시아청소년대회, 아시안게임, 세계청소년야구대회 등을 석권하던 일…….

빨라지던 운비의 발이 소나무 숲에서 멈췄다.

거기 한 선수가 있었다. 체구도 튼실했다. 그가 피워 올리는 담배 연기는 더 튼실해 보였다. 그러나 두 눈에 가득 찬 불만과 체념…….

"……!"

운비의 기척에 그가 고개를 돌렸다. 운비를 본 그의 숨이 딱 멈춰 버렸다.

빅 유닛.

소야고 출신으로 메이저리그를 달구고 있는 어마무시한 선수. 한 번도 본적은 없지만 운비를 왜 모를까? 그는 손에 든 담배를 떨어뜨렸고 넋은 절반쯤 나가 있었다.

"비벼 꺼."

딱 한마디. 운비는 그 말을 두고 돌아섰다. 다들 땀을 흘리며 훈련하고 있을 때 농땡이나 때리면서 담배를 빨아대는 정신 상태라면 말을 섞을 가치도 없었다. 후배라고 다 후배는 아닌 것이다.

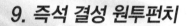

9. 즉석 결성 원투펀치

"운비야!"

소야고 구장에서 운비를 제일 먼저 맞은 건 세형이었다. 그 옆으로 정든 선후배들이 커튼처럼 둘러서 있었다.

"황운비!"

세형이 달려왔다.

"왜 이렇게 일찍 왔냐?"

운비가 물었다.

"그러는 너는?"

"너 없을 때 와서 후배들에게 네 골 때리는 과거를 폭로하려고 그랬지."

"내가 무슨 골을 때렸게?"

"많이 때렸잖아?"

"젠장, 또 그 야동 얘기하려고?"

"요즘도 보냐?"

"미쳤어? 미애가 있는데."

세형이 발끈 소리쳤다.

"오, 진도 많이 나간 모양인데?"

"아무튼 야동 얘기만 해봐. 메이저리거고 뭐고 너 죽고 나
죽는다."

"알았다, 알았어."

세형과 이야기를 나누는 사이에 박 감독이 다가왔다.

"왔냐?"

"감독님!"

"크하, 역시 내 인기는… 다들 내가 보고 싶어서 이렇게 일
찍 달려와 주다니……."

박 감독이 너스레를 떨자 바로 덕배가 태클을 걸어왔다.

"감독님이 아니고 운비거든요."

"얌마, 말이라도 좀 그렇다고 해라. 너도 곧 1군 올라간다고
바로 태클이냐?"

"어, 덕배 형도 드디어 콜 업이야?"

운비가 덕배를 바라보았다.

"젠장, 새로 온 감독님 눈에 겨우 들었다. 다음 주부터 로스터에 끼워준다나 뭐라나……."

"짜샤, 깝치지 말고 가면 제대로 해. 기회란 왔을 때 잡아야 하는 거니까."

"걱정마세요. 저 가면 바로 3할에 OPS 킹왕짱 될 겁니다."

"어이구, 저 근거 없는 자신감하고는……."

"야야, 너희들 박 감독님만 챙기냐? 난 완전히 왕따?"

그사이에 전 코치가 합류했다.

"에이, 왕따라뇨? 이제 차차 인사드리려던 참인데……."

운비가 웃었다.

"전 코치, 애들이 슬슬 기어오르는데 한번 굴려야지?"

"그거 좋죠?"

"전체 구보?"

"좋죠. 야, 너희들, 전부 이리 집합해라."

전 코치가 훈련 중인 후배들에게 소리쳤다.

"헛 뚜아, 헛 뚜아!"

바닷가 해변을 따라 구보가 시작되었다. 운비의 졸업생들과 재학생 선수들을 합쳐 40여 명가량 되는 대선수단이었다.

소야고 야구부는 비약적인 발전을 이루었다. 그 시작은 당연히 운비였다. 운비 때부터 명문의 반열에 오른 소야고였다.

우승기가 쌓이자 우수한 신입생들이 줄을 이었다. 거기에 브레이브스에서 내준 지원금이 밑알이 되었다.

장비를 보강하고 훈련장도 손보았다. 투자까지 제대로 이루어지자 명문의 분위기는 더욱 공고해졌다. 올해도 이미 전국대회 우승과 4강을 한차례씩 먹은 소야고. 그야말로 황금기를 구가하고 있었다.

얼마나 달렸을까? 전 코치가 누군가의 귀를 잡아끌고 나오는 게 보였다. 아까 송림에서 보았던 녀석이었다. 녀석은 마지못해 대열에 끼었다. 어디 가나 한 놈쯤 보이게 마련인 꼴통. 운비는 신경 쓰지 않았다.

"형!"

앞쪽에서 달리던 운비가 철욱에게 소리쳤다.

"왜?"

"내기할까?"

"누가 1착하나?"

"응!"

"야, 무리하지 마라. 이제는 네 마음대로 안 돼. 나도 몸 좋아졌거든."

"그러니까."

"오케이!"

대답과 동시에 철욱이 튀어나갔다.

"아, 진짜… 말을 하고 시작해야지?"

운비도 그 뒤를 따랐다.

"또 시작이다."

그 뒤에서 수찬과 도윤이 웃었다.

철욱은 진짜 빨랐다. 전과는 또 다른 느낌이었다. 하긴 박 감독의 명언이 있었다. 내가 발전하는 동안 다른 사람들이라고 놀고 있는 건 아니라고. 운비가 스피드를 올렸다. 브레이브스에서도 머리에 그리던 소야고의 해변. 속도를 올려도 숨이 차지 않았다. 운동장에 들어서자 운비가 철욱을 따라잡았다.

"야, 이번에는 슬라이딩하지 마라."

"알았어, 형."

홈이 보였다. 그런데, 이번에는 철욱이 슬라이딩으로 들어갔다. 간발의 차이로 철욱이 이긴 것이다.

"형!"

"왜? 너도 전에 그랬었잖아?"

"그러지 말라며?"

"순진하긴? 이기는 게 우선이지."

흙을 털고 일어선 철욱이 웃었다.

"흐음, 뭔가 요구 조건이라도 있는 거야?"

"당연히 있지. 사인 볼 좀 만들어줘라. 지인들이 아주 난리다. 공은 내가 가지고 왔거든."

"설마 한 10,000개 쯤 하려는 건 아니겠지?"

"그럴까? 네 사인 볼이라면 팔아도 돈 좀 될 거 같던데?"

농담을 나누는 사이에 선수들이 들어왔다.

"운비야!"

숨을 돌리고 있을 때 박 감독의 호출이 들어왔다. 교장과 선생들이 나와 있었다. 거기서도 운비는 대대적인 환영을 받았다.

"잠깐 좀 보자."

인사가 끝나자 박 감독이 송림 쪽으로 걸었다. 거기 가장 큰 소나무에 기대선 채 가만히 입을 여는 박 감독이었다.

"학교에 오니 기분 어떠냐?"

"좋죠, 뭐."

"옛날 생각난다. 네가 배구 선수였을 때……."

"저 졸업하고 다른 배구 선수는 더 안 왔나요?"

"한 놈 왔지."

"진짜요?"

"배구가 아니고 축구 선수인데… 저기 저놈……."

박 감독의 눈빛이 연습장으로 향했다. 투수들 훈련장에 한 선수가 보였다. 아까 송림에서 본 그 농땡이 꼴통이었다.

"용태선이라고 중학교 때까지 배구하다 왔다는데 저 모양이다. 처음에는 제대로 하는 거 같더니 제 뜻대로 안 되니까 자포자기야."

"담배나 빨아대면서 말이죠?"

"봤냐?"

"아주 노련하던데요?"

"할 말 없구나. 그렇다고 짜르기에는 재주가 좀 아까워서……."

"제가 찾아왔을 때 정도 되나 보군요?"

"너까지는 아니지만 잘 다듬으면 국내에서 10승 투수는 될 것도 같은데 고비를 못 넘네."

"빙빙 돌리지 말고 솔직히 말하세요."

"눈치 깠냐?"

"황운비와 류연진!"

"아, 짜식, 진짜… 메이저에 가더니 눈치까지 빨라져 가지고……."

박 감독이 뒷머리를 긁어댔다. 류연진이 올 때까지 별다른 지도를 하지 않았던 박 감독. 그리하여 운비가 비로소 투구에 실눈을 뜨자 그제야 본격적 지도를 했던 그였다. 운비에게서 그걸 기대하고 있는 모양이었다.

꼴통와 레전드의 만남.

"저놈 팀에서 완전 왕따죠? 제 멋대로에다……."

"왜 아니겠냐?"

"제가 처음 찾아왔을 때랑 비슷한 처지로군요."

"너는 붙임성이라도 있었지."

"저희랑 친선 게임 한판 한다면서요?"

"어, 온 김에 우리 애들이랑 한번 놀아주면 애들 눈뜨는 데 도움이 되지 않겠냐?"

"용태선, 저한테 붙여주세요."

운비는 그 말로 박 감독의 요청을 받아들였다.

이틀!

소야고에 머물 시간은 단 이틀이었다. 이틀이 지나면 미국으로 돌아가야 했다. 이틀 동안 뭘 할 수 있을까? 바다를 보며 생각했다. 배구에서 야구로 전향한 아이. 어떤 벽에 막혔을까? 세상의 모든 사람들은 다 운비 마음 같을까?

메이저 팀.

케비오 팀.

팀은 둘로 나뉘었다. 메이저 팀은 운비와 세형을 중심으로 꾸렸다. 케비오 팀은 철욱과 덕배 중심으로 구성되었다. 전권은 각 팀의 주장에게 주어졌는데 운비가 메이저 팀의 주장이 되었다.

선발투수가 결정되었다. 케비오에서는 일단 철욱이 선발로 나왔다. 운비는 에이스 조우창을 낼 거라는 예상을 깨고 용태선을 선발로 내세웠다.

"……?"

자기는 끼워주지도 않을 줄 알았던 용태선. 운비의 결정에 놀라 고개를 들었다.

"저기요……."

용태선이 입을 열었다.

"왜?"

"저는……."

"왜? 너는 소야고 투수 아니야?"

"그렇기는 하지만 저는 후보……."

"나도 한때는 후보였거든."

"……."

"뭐 해? 빨리 마운드로 나가지 않고?"

케비오 팀의 선공. 운비는 주저하는 용태선을 마운드로 밀었다.

볼 만했다.

이 녀석, 제구를 안드로메다로 택배 보낸 판이었다. 야구를 하는 건지 돌팔매질을 하는 건지 알 수 없을 정도였다. 그래도 구속은 좋았다. 어쩌다 포수의 미트에 들어가는 공은 쾅 하고 천둥소리를 냈다.

1번 타자는 선 채로 스트레이트 볼넷.

2번 타자는 허리를 맞추는 공.

3번 타자 역시 헬멧을 맞추며 노아웃에 만루를 내주었다.

용태선의 고개를 이미 오래 전에 떨어져 있었다. 4번으로 덕배가 나오자 용태선이 운비를 바라보았다. 살려주세요. 그 표정이었다. 2군에서 뛰지만 프로 선수인 덕배였다. 운비는 용태선의 시선을 외면했다.

1구는 머리 위로 날아가고,

2구는 아예 샛길로 샜다.

그사이에 3루 주자가 들어오고, 2루 주자도 홈을 밟았다. 불로소득으로 2점을 올리고도 노아웃에 3루. 겨우 홈 플레이트 비슷한 곳으로 떨어진 공은 덕배의 타격과 함께 쭉 뻗어나갔다.

"홈런!"

케비오 선수들이 방방 뛰며 좋아했다. 노아웃에 벌써 4 대 0이었다. 5번으로 들어선 건 소야고의 4번 타자였다. 자포자기를 한 건지 용태선이 마운드에서 내려왔다.

"서!"

그라운드 선 밖에서 운비가 막았다.

"선배님……."

"너 정체가 뭐야?"

"……."

"현재 하는 일이 뭐냐고? 직업 말이야."

"야구……."

"포지션은?"

"투수……."

"투수가 할 일은?"

"……."

"현재 누가 감독이지?"

"선배님."

"내가 투수 교체 사인을 냈나?"

"……."

"마운드로 돌아가."

"저는……."

"배구 선수였다고?"

"……."

"왜 전향했는지 나는 모른다. 알고 싶지도 않고. 하지만 장난으로 야구로 바꾼 건 아니겠지."

"……."

"나도 배구 선수였다. 여기 와서 개쪽을 당했지."

"……."

"너처럼 스트라이크 하나 제대로 꽂지 못했다. 그래도 포기하지는 않았어."

"……."

"이 선을 넘으면 너는 다시는 야구를 하지 못하게 될 거다. 그래도 좋나?"

운비가 용태선과의 발 사이에 그려진 선을 가리켰다.

"선배님……."

"가도 좋고 남아도 좋다. 하지만 만약 가더라도 야구가 너를 버린 게 아니라 네가 야구를 버렸다는 자부심은 남겨두고 가야 하지 않을까?"

"……?"

"던져라. 네 마음에 낀 불만과 격정, 그 모든 걸 다 보여주고 난 후에 가든지 말든지 하란 말이다."

"……."

"대신 포수도 바꿔준다. 네가 어떤 볼을 던지든 다 받아줄 수 있는 포수……."

운비의 손은 고집스레 마운드를 가리키고 있었다. 파르르 어깨를 떨던 용태선. 그 전율은 곧 입술로 옮겨갔다. 주먹과 더불어 입술을 깨무는 모습이 보였다.

오기 발동.

격정 작렬.

두 감정이 휘몰아치더니 용태선은 결국 마운드로 돌아섰다. 운비는 세형에게 포수를 맡겼다.

"공 하나라도 빠뜨리면 죽는다."

세형의 귀에 대고 묵직하게 속삭였다.

"이야아아!"

통곡인지 울부짖음인지 모를 소리로 초구를 뿌린 용태선. 포수 머리 위로 날아가는 공이었지만 세형이 벌떡 솟구치며 잡아냈다. 이미 1군에서 뛰고 있는 세형. 백업 포수라지만 프로 밥을 먹기에 포구의 차원이 달랐다. 게다가 세형은 원래, 포구 능력을 타고 난 선수였다.

5번 타자는 볼넷으로 나갔지만 6번 타자에게서 고무적인 일이 일어났다. 볼 두 개에 이어 스트라이크 두 개가 잇달아 들어온 것이다.

빽!

뻥!

대략 140km/h는 넘을 듯한 소리. 다른 건 몰라도 패스트볼은 아슬아슬 제구가 되는 듯 보였다.

"타임!"

거기서 운비가 마운드로 올라갔다.

"내가 지금 이 팀의 뭐라고?"

"감독님……."

"그럼 투수는 내 말에 따라야겠지?"

"예……."

"이제부터 무조건 포심만 던진다."

"......?"

"무조건 포심. 알았어?"

"예!"

용태선이 대답했다.

"소리 봐라."

"예……."

"그거밖에?"

"예에!"

눈을 질근 감은 용태선이 악을 쓰듯 소리를 쳤다.

쾅!

쾅!

지그재그로 꽂혀대는 포심. 그러나 세형의 포구가 철통 같자 멋대로 꽂히던 공도 조금씩 자리를 잡아갔다. 이때부터 용태선이 실력을 발휘했다. 칼날 제구가 나온 건 아니지만 스트라이크와 볼 비율이 50% 가까이 되었다. 운비는 용태선이 5회까지 던지도록 했다.

1회 5점.

2회 2점.

3회 1점.

4회 0점.

5회 투아웃까지 0점.

그러나 주자는 만루가 되어 있었다. 이제는 힘에 겨운 상황. 운비가 다시 올라갔다. 투수 교체였다. 교체된 투수는 운비였다.

"수고했다. 뒤는 내가 맡는다."

"……?"

놀란 용태선이 고개를 들었다. 지금까지 한 번도 들어보지 못한 따뜻한 목소리. 게다가 메이저리그 황운비가 구원 등판을?

"자책점 관리도 해야지. 추가점 안 줄 테니까 이제 들어가서 쉬어라."

공을 넘겨받은 운비가 용태선을 격려해 주었다. 용태선이 마운드를 내려오자 메이저 팀 선수들이 열렬히 환호해 주었다. 초반에는 점수를 내줬지만 갈수록 안정된 투구에 대한 응원이었다. 물론, 그건 운비의 부탁이기도 했다.

투아웃에 만루. 타석에는 5번 타자가 들어섰다.

"커터가 들어갈 거다. 몸 쪽으로 각을 만들 거니까 잘 쳐봐."

운비가 예고를 던졌다. 타석의 타자는 소야고의 4번을 치는 타자. 지난해 통산 타율이 0.355에 육박하는 청소년 대표였다. 하지만 운비는 메이저 신인왕을 노리는 투수. 맞상대를 하는 것도 예의가 아닌 것 같아 한 수 접어준 것이다.

"부탁합니다. 선배님이라면 안타를 치면 가문의 영광이오, 삼진을 당해도 평생의 영광입니다!"

타자가 소리쳤다.

"야, 그럼 나는?"

포수로 들어앉은 세형이 압력을 주었다.

"물론 선배님도 영광……."

"새끼, 순 마음에도 없는 말을… 너 나중에 두고 보자."

세형의 미트가 자리를 잡았다. 사실, 세형의 마음도 설레고 있었다.

황운비와 이세형.

한때는 황금 배터리였다. 둘은 한마음으로 전국대회를 누볐다. 그때 세형과 운비는 눈빛만 보고도 서로의 마음을 알았다. 하지만 지금 운비는 메이저에서 날리는 선수. 대체 얼마나 발전한 건지 세형도 궁금할 뿐이었다.

두근!

세형의 가슴에 울림이 왔다. 언젠가는 꼭 한 번 운비와 배터리를 이루어 게임에 나가고 싶은 세형. 오늘 비록 연습 게임이지만 나쁘지 않았다.

그건 박 감독과 전 코치, 철욱 등도 다르지 않았다. 그때, 소야고가 전국 꼴찌에서 강호로 발돋움할 때, 그때의 운비 공도 대단하긴 했었다. 하지만 메이저에서 날리고 있으니 신비

감까지 더해지고 있었다. 관람석에는 교장과 선생님, 재학생들도 상당수 구경을 나와 있었다. 운비보다 이틀 뒤에 입국한 차혁래도 다른 기자들과 함께 카메라를 돌리고 있었다. 그렇게 모든 이들의 시선이 집중된 가운데 운비가 퀵 모션을 찍었다.

"와앗!"

가벼운 기합과 함께 공이 날아갔다.

"……!"

세형은 긴장의 끈을 놓지 않았다. 홈 플레이트 앞까지 날아온 공. 이건 백번 보아도 포심이었다. 그런데, 이게 커터라고? 충분히 생각할 겨를도 없이 공이 방향을 틀었다.

뻑!

당혹스러운 마음에 간신히 공을 잡았다. 등골이 오싹했다. 국내 프로야구 선수들의 커터도 받아보았지만 그것과는 차원이 달랐다. 이건 마치 마구를 보는 듯한 느낌이었다.

"……!"

타자는 아예 넋이 나간 듯 보였다. 그는 입술을 떨며 세형에게 물어왔다.

"선배님, 이게 커터 맞아요?"

쾅!

그렇게 2구가 꽂혔다. 타자는 미친 듯이 배트를 돌렸지만 공에 닿지도 못했다.

"다시… 정신 바짝 차리고……."

타자를 경각시킨 운비의 3구가 손을 떠났다.

"와아앗!"

타자는 젖 먹던 힘까지 냈지만 부질없는 배팅이었다. 삼구 삼진. 더구나 전력투구도 아닌 상황.

짝짝!

그라운드 내외에서 멈춰 버린 시선과 호흡을 깬 건 박 감독의 박수였다. 그제야 정신이 돌아온 선수들이었다.

"용태선!"

더그아웃으로 나온 운비가 용태선을 바라보았다.

"예? 예……."

"너는 박수 안 치나?"

"예? 예……."

짝짝짝!

용태선은 서둘러 박수를 쳐주었다. 그 눈빛에는 더 이상 반항의 여지는 없었다. 입으로만 떠든 게 아니라 실력과 투수의 전형을 보여준 까닭이었다.

"고맙다. 네 박수가 제일 뜨겁네."

운비가 용태선의 등을 두드려 주었다. 용태선은 숨이 막힌 듯 한마디의 대꾸도 하지 못했다.

삐딱선!

청소년기의 삐딱선은 사실 무죄에 가깝다. 이 이유도 천차만별이다. 때로는 어이없는 이유가 시발점이 되기도 한다. 대표적인 예가 케비오 팀에 속한 조우창이었다. 이제는 소야고의 어엿한 에이스이자 청소년 대표 선수. 올해 이미 한하 호크스의 지명까지 받았지만 그도 자칫 야구를 접을 뻔한 선수였었다.

용태선의 환경도 그와 비슷했다. 혼자 된 아버지가 배구부 학부모와 스캔들에 빠지면서 시작된 삐딱선. 결국 친구들 시선을 피해 야구로 전향했지만 너무나 낯선 환경. 박 감독의 배려가 있다지만 과거 같지는 않았다. 게다가 그는 아버지 사건을 체증처럼 가슴에 담아둔 상태.

그날 저녁 이후 용태선은 삐딱선에서 내려왔다. 운비와 함께 찍어서 올린 SNS 사진 또한 기폭제가 되어주었다. 새로 시작한 야구부에서 설레발에 그치고 있다는 걸 알던 중학교의 배구부 친구들. 유명한 운비와 함께 찍은 사진을 보고는 찍소리도 내지 못했다. 기막힌 인증샷이 된 것이다.

다음 날 다시 이어진 대결. 어제 왔던 선배들은 일부 빠졌지만 나쁘지 않았다.

"헤이, 용태선."

운비가 용태선을 불렀다.

"네."

"오늘은 내가 선발로 나가고 네가 계투다."

"예?"

"우리 둘이 이 팀의 원투펀치라고."

"……."

"싫냐?"

"아, 아뇨."

용태선이 고개를 저었다.

운비는 정말 선발로 뛰었다. 예고대로 용태선은 계투로 올렸다. 에이스 조우창에게는 미리 설명을 해두어 그의 실망을 막아두었다. 어제는 대패였지만 오늘은 4-0으로 앞선 상황. 용태선은 자신에게 맡겨진 책임감을 제대로 인식했다. 폭투로 한 점을 내줬지만 3이닝을 틀어막은 것. 더구나 패스트 볼 최고 구속은 145km/h를 찍을 정도였다.

"형, 고마워요. 저 같은 거한테 원투펀치가 될 영광을 주다니……."

형이라는 단어를 허락받은 용태선의 눈가에 눈물이 서렸다.

"니가 뭐 어때서?"

"저는……."

"이제부터야. 메이저에도 서른 살 넘어서 데뷔하는 선수도 있거든. 그러니까 절대 늦지 않았다."

"예……."

"고맙다는 말은 박 감독님에게 해드려. 실은 나 좀 삐졌다. 알고 보니 내가 여기 왔을 때보다 너한테 더 관심이 많더라고."

운비는 박 감독에게 공을 돌렸다.

그날 밤, 운비는 한국에서의 마지막 밤을 보냈다. 박 감독과 재학생 후배들에게 한 턱을 베풀었다. 그 전날 황금석이 그랬던 것처럼 최고급 삼겹살로 쐈다. 한도 빵빵한 카드도 있고 지갑도 두툼했지만 선수들에게는 돼지갈비나 삼겹살이 최고였다. 질보다 양인 때였다. 박 감독도 흡족해했다. 운비의 나이가 아직 어렸기에 공연한 낭비를 원치 않던 박 감독이었다. 그 자리에는 교장과 선생님들도 몇 명 끼었다. 화제는 운비가 처음 소야고에 왔을 때로 돌아갔다.

'키만 멀대처럼 큰 허풍선이 같은 놈.'

세형이 내린 운비에 대한 정의는 즉석에서 유행어처럼 퍼졌다. 재학생 선수들은 그들의 레전드가 되어버린 운비의 한마디, 한마디에 귀를 기울였다.

"너희도 열심히 하면 메이저리거가 될 수 있다."

메이저리거.

운비가 꾸던 꿈이었다.

열심히 해서 그 꿈을 이루었다.

그러니 후배들이라고 해서 안 될 게 있을까?

운비의 말은 후배들에게 희망이 되었다.

회식이 끝난 후에 세형이와 미애 커플을 만났다. 세형이와는 절친이니 따로 시간을 갖는 건 당연한 일이었다. 미애는 여자친구 하나를 데리고 나왔다. 대학교의 같은 과 학생이라는데 청순하고 예뻤다.

"야, 어떠냐?"

여자들이 자리를 비운 순간 세형이 물었다.

"뭘?"

"재은이 말이야. 쟤 저래 뵈도 쟤네 학교 5월의 퀸 결승까지 간 애야."

"그래서 뭐?"

"안 땡기냐?"

"땡기면?"

"엮어주려고 그러지. 미애 말이 재은이도 너한테 관심이 많다더라. 하긴 너하고 결혼하는 여자는 땡잡았지. 연봉이 얼마야. 우엉!"

침을 튀기던 세형이 갑자기 울상을 지었다.

"또 왜?"

"내가 불쌍해서. 너 다음번 계약부터는 초대박 날 거라던데

난 언제 1억 연봉 되냐?"

"너 진짜……."

"하핫, 농담이고… 진짜 마음에 안 들어?"

"그냥 나온 거야. 다른 생각 말고 재미나게 얘기나 하자. 차 기자님 만날 시간될 때까지."

"아이, 진짜… 차 기자님은 왜 오늘 같은 날 방해냐? 자기도 미국에 있으면서……."

"그 얘기 전해줄까? 그럼 기사 좋은 거 써줄 텐데?"

"야야, 그냥 농담이지. 조크!"

놀란 세형이 정색을 했다. 운비는 잠시 핸드폰을 보았다. 오늘도 장리린의 연락은 없었다. 하긴 대한민국 최고 인기스타가… 그냥 인사말이었겠지. 운비는 애잔한 미소로 장리린의 말을 지웠다.

두 시간 후쯤 세형이 팀과 헤어졌다. 이제 한국에서의 마지막 스케줄은 차혁래였다. 아까 소야고에서 정한 약속이었다.

"시간 좀 내줘."

다른 때보다 정중한 표정이었다. 운비 곁에서 생활하기에 운비를 잘 아는 차혁래. 별일 없이 그럴 사람이 아니기에 시간을 할애한 운비였다.

"운비야!"

약속한 레스토랑에 들어서자 차혁래가 손을 들어 보였다. 창가의 한적한 테이블이었다.

"볼일은 다 끝났고?"

"예."

"바쁜데 괜히 시간 뺏는 거 아닌가 모르겠다."

"무슨 그런 말을… 차 기자님은 언제 들어가죠?"

"너 들어가는 비행기로 묻어갈까 했는데 데스크가 국내 프로야구 관련 기사 두어 개만 써주고 가라네. 회사에 매인 몸이니 어쩌겠냐?"

"아쉽군요."

"뭐, 잘된 일이지."

"잘됐다고요?"

"넌 1등석 아니냐? 나야 보나마나 이코노미 끊어줄 텐데 위화감 작렬한다."

"그럼 중간중간에라도 자리 바꿔 드릴까요?"

"하핫, 말이라도 고맙다만 빅 유닛인 네가 이코노미에 어떻게 앉아?"

"몸을 접으면 되죠. 전 문제없어요."

"어유, 넌 정말 인간성이 됐다니까."

"갑자기 왜 또 띄워요. 내가 뭐 도와줄 일 생겼어요?"

"웅!"

맥주를 마시던 차혁래가 기다렸다는 듯이 운비를 바라보았다.

"뭔데요?"

"그보다 먼저 메이저 소식인데, 반갑지 않은 소식이 생겼다."

"반갑지 않은 소식요?"

"오마르 터너라고 알지? 다저스의 불방망이 3루수?"

"예, 유명한 선수잖아요?"

"7월 트레이드 시장에서 내셔널스가 데려갔다. 유망주 두 명에 웃돈을 얹어서 장바구니를 채운 모양이야."

"……!"

콜라 잔을 들었던 운비가 호흡을 멈췄다. 오마르 터너… 다저스의 간판 3루수다. 게다가 올시즌 방망이까지 터지는 선수였다. 호시탐탐 전력 보강을 노리던 내셔널스가 기어이 초대형 트레이드를 성사시킨 모양이었다.

이렇게 되면 브레이브스에게는 악재였다. 내셔널스의 전력이 강화되면 지구 1위 싸움에서 밀릴 수 있었다.

"우리 브레이브스는요?"

"여기저기 찔러는 본 모양인데 상대 쪽에서 원하는 카드가 전부 너하고 리베라라서……"

"성과가 없었군요?"

"게다가 실탄도 없잖아? 현금을 가득 채워들고 트레이드 시장에 쇼핑 나간 내셔널스하고는 차원이 다르지."

"……."

"뭐야? 별로 겁먹는 표정이 아니네?"

"겁먹어야 하는 일인가요? 물론 반가운 건 아니지만……."

"이야, 황운비 진짜 멘탈 갑이다. 좀 놀라는 표정이라도 지어야지."

"뭐 어차피 내셔널스가 7월 트레이드 시장을 노린다는 말은 듣고 있던 차라서……."

"아무튼 이래서 내가 널 존경한다니까."

"무슨 존경씩이나……."

"사실, 진짜 존경할 일이 하나 생겼는데 그거 좀 도와줘라. 아니면 나 사표 내게 생겼다."

"사표요?"

"데스크에서 내가 황운비하고 무지 친한 줄 알거든. 그래서 나한테 짐을 지웠는데 안 돼요라고 말해봐. 아마 후반기 메이저리그 취재를 다른 기자에게 넘길 지도 몰라."

"대체 뭔데 그래요?"

"밀어준다고 약속부터!"

"기자님."

"아니지, 공중까지 서고 시작해야 하는 일인지도 몰라."

"점점······."

"너 광고 찍었지?"

"그거 때문이에요?"

"응!"

"그게 왜요?"

"거기서 문제가 생겼어."

"문제? 장리린 문제예요?"

"장리린? 장리린 때문이면 연예부 기자가 나서지 내가 왜 나서?"

"그럼?"

"광고료 받은 거 전부 기부하기로 했다며?"

차혁래의 시선에서 레이저가 뿜어져 나왔다.

"어, 그걸 어떻게?"

"아, 진짜였네. 나 너한테 진짜 인간적으로 배신감 폭발이다. 어떻게 나한테도 비밀로 하냐?"

"기자님······."

"하긴 너라면 그럴 수도 있지. 절대 보안에 절대 비밀사항으로 광고료 전액 기부!"

"저는 그냥··· 돈은 구단에서도 충분히 받고 있고··· 국가대표로 뽑힌 덕분에 병역면제 받아서 메이저에도 수월하게 가게 된 터라······."

"국가에 기여?"

"그렇게까지 거창할 건 없어요. 그냥 마음이 그랬어요."

"젠장, 듣고 나니 더 특집으로 써야겠네."

"기자님!"

"황운비, 그게 바로 본론이다. 네 그 착한 마음을 기사로 내는 걸 허락해 주는 것. 우리 데스크가 내린 엄명인데 처음에는 긴가민가했거든. 그런데 진짜 그런 마음으로 전액 희사하는 거라면 이거 쓰고 너랑 원수되더라도 써야겠다."

"……."

"그러니 기사 좀 허락해 다오. 이거 내 진심이다!"

차혁래의 눈빛은 운비에게 고정되어 움직이지 않았다.

『RPM 3000』 7권에 계속…

초대형 24시 만화방

신간 100%, 샤워실, 흡연실, 수면실(침대석), 커플석, 세탁기 완비

■ 시흥 정왕25시점 ■

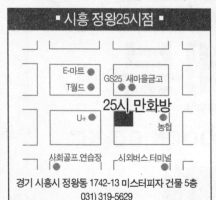

경기 시흥시 정왕동 1742-13 미스터피자 건물 5층
031) 319-5629

■ 강북 노원역점 ■

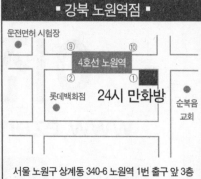

서울 노원구 상계동 340-6 노원역 1번 출구 앞 3층
02) 951-8324 (화용빌딩 3층)

■ 일산 정발산역점 ■

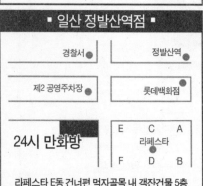

라페스타 E동 건너편 먹자골목 내 객잔건물 5층
031) 914-1957

■ 일산 화정역점 ■

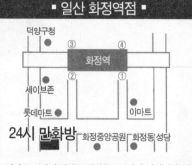

경기도 고양시 덕양구 화정동 984번지 서일빌딩 7층
031) 979-4874 (서일사우나 건물 7층)

■ 부천 역곡역점 ■

역곡남부역 기업은행 건물 3층
032) 665-5525

■ 부평역점 ■

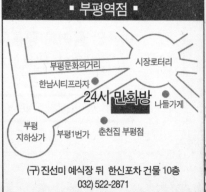

(구) 진선미 예식장 뒤 한신포차 건물 10층
032) 522-2871

이계진입 리로디드

임경배 퓨전 판타지 소설

FUSION FANTASTIC STORY

『권왕전생』 임경배의 2015년 신작!

『이계진입 리로디드』

왕의 심장이 불타 사라질 때,
현세의 운명을 초월한 존재가 이 땅에 강림하리라!

폭군으로부터 이세계를 구원한 지구인 소년 성시한.
부와 명예, 아름다운 연인…
해피엔딩으로 이야기는 끝인 줄 알았건만
그 대가는 지구로의 무참한 추방이었다.
그리고 10년 후…….

"내가 돌아왔다! 이 개자식들아!"

한 번 세상을 구한 영웅의 이계 '재'진입 이야기!

Book Publishing CHUNGEORAM

유행이 아닌 자유추구 -
WWW.chungeoram.com

GRAND SLAM

FUSION FANTASTIC STORY

자미소 장편소설

그랜드슬램

2016년의 대미를 장식할 최고의 스포츠 소설!!

Career record : 984W 26L
Career titles : 95
Highest ranking : No. 1(387weeks)
Grand Slam Singles results : 23W
Paralympic medal record : Singles Gold(2012, 2016)

약 십 년여를 세계 최고로 군림한 천재 테니스 선수.
경기 내내 그의 몸을 지탱하고 있는 것은…… 휠체어였다.

『그랜드슬램』

휠체어 테니스계의 신, 이영석(32).
그는 정상의 자리에서도 끝없는 갈망에 사로잡혀 있었다.

"걷고 싶다, 뛰고 싶다. …날고 싶다!!"

**뛸 수 없던 천재 테니스 선수
그에게, 날개가 달렸다!!!**

Book Publishing CHUNGEORAM

유행이 아닌 자유추구 -
WWW.chungeoram.com

GAME BALL

게임볼
설경구 장편소설
FUSION FANTASTIC STORY

무명의 야구인이었던 남자,
우진이 펼치는 야구 감독으로서의 화려한 일대기!

『게임볼』

"이 멤버로 우승을 시키라고?"

가상 야구 게임,
게임볼을 통해 인생 역전을 꿈꾸는

한 남자의 뜨거운 행보에 주목하라!

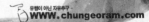